Nua em Pelo

Para meu querido
e saudoso amigo José
aí vai meu livro.
Beijo e carinho grande

[illegible] —

Rio 10/2012

Maria Helena Whately

Nua em Pelo

1ª edição

Vermelho Marinho

Rio de Janeiro

2012

Título original: Nua em Pelo

Editor-chefe:
Tomaz Adour

Revisão:
Talita Guimarães Corrêa e Equipe Vermelho Marinho

Editoração eletrônica:
Equipe Vermelho Marinho

Capa:
Garagem Design

Texto revisado segundo o novo Acordo Ortográfico da Língua Portuguesa

W5557n Whately, Maria Helena
Nua em Pelo / Maria Helena Whately.
Rio de Janeiro: Vermelho Marinho, 2012.
208 p. 14 x 21 cm

ISBN: 978-85-64298-85-9

1. Literatura Brasileira 2. Romance I. Título

CDD: 869
CDU: 821.134.3-31

EDITORA VERMELHO MARINHO USINA DE LETRAS LTDA
Rio de Janeiro - Departamento Editorial:
Rua Olga, 152 - Loja B - Bonsucesso - Rio de Janeiro - RJ
CEP.: 21.041-140
www.editorausinadeletras.com.br

Para a minha Bia, sempre.

"Mefisto

Não existe para ti limite e fim;
Se te agrada de tudo provar
Ou algo que voa alcançar
Terás o que desejares.
Fica apenas ligado a mim, e não te intimides."

Fausto – **J. W. Goethe**

Tradução de **Otavio de Oliveira Paes**
Sete Letras, 1999

Aos amigos do **IBGE:** *César, Dulce, Edna, Guilhermina, Irio, Jorge, José Grabois e Carmem, José Rodrigues e Valéria, Luis Henrique, Pedro e Glória, dona Sada e Zuleika.*

Ainda para Cida, que há 27 anos acompanha a minha vida.

Esta é a história de Cecília e Vitorino.

Ela, nascida no Rio de Janeiro.

Ele, nos confins do sertão nordestino.

Sumário

A MULHER DA FOLHINHA

1

No mundo onde Vitorino nasceu, só de tempos em tempos uma flor ousava pôr o nariz para fora da terra. Mas, verificando a aridez do exterior, a tal ponto se apavorava que voltava a se enfurnar. Como então poderia ele entender de jardinagem? No entanto, quis lidar com o que de mais belo lhe parecia e lhe faltava: flores. Para tocá-las, sentir o perfume que vinha delas, resolveu ser jardineiro, e como tal se apresentou e foi aceito na mansão dos Antunes, pais de Cecília.

Aí aconteceu que...

2

Vitorino nasceu e cresceu em um pequeno povoado nordestino perdido no tempo e no espaço, onde o calor e a falta d'água comandavam o dia a dia. Vez por outra pintava alguma chuva, e a população, mãos em prece para o céu, agradecia o milagre. Bocas abertas, línguas esticadas, procuravam gotas d'água. A pele deles, baça da poeira que ponteava os vértices do povoado, retomava naquelas poucas horas do maná do céu o tom primitivo.

Vitorino, quando a chuva caía e ele se via diferente, se perguntava: de que cor eu sou, quem sou eu, afinal?

Talvez por ser o mundo complicado, aconteceu o que aconteceu. Também por finanças, ingerências políticas e outros tipos de mananciais. Mas o elemento substancial, primordial e dominante, que não se atrela a partido, doutrina ou ao que quer que seja, mas com toda a simplicidade do universo se atrela à carne, foi o desejo.

O *aí aconteceu que* começou exato no dia em que Vitorino viu Cecília, deleitou-se com a brancura da pele dela, e se disse: eu quero essa mulher nua em pelo.

E o desejo – ser infinito, mesmo transmudadas as condições do mundo e dos tempos, continua a ser o que é, foi e será – se impõe e não há nada que faça com que desista. Vem para ficar e fica. Louco e desesperado, sem medidas, ele ultrapassa a barreira dos decibéis, das possibilidades e impossibilidades, do tempo, e por vezes representa a morte, haja vista Romeu e Julieta.

Por isso, desde aquele dia, Vitorino só teve um objetivo: o corpo nu de Cecília.

3

No dia em que quis Cecília nua em pelo, Vitorino levou um susto enorme com esse desejo, embora já houvesse passado pelas primeiras tinturas da cidade grande e pelo bê-á-bá do sexo no seu povoado: meninas fáceis e algumas prostitutas que por acaso iam bater naquela banda perdida, cobrando tostões. Susto porque Vitorino jamais havia se deparado, em carne e osso, com alguém tão leitosa quanto Cecília. De cabelos que escorriam muito lisos e amarelos até a cintura. Cintura que, ai, ai, pensou ele, caberia com folga entre suas mãos. E a bunda – Vitorino sussurrou para si –, embora vestida, melhor que qualquer folhinha pregada na venda do seu Zé.

Os bicos dos seios eriçados da mulher da folhinha se oferecendo. Quantas vezes ele tocara com os dedos, devagar, muito devagar, as formas da mulher como se ela tivesse vida, três dimensões no espaço, cheiro, se movimentasse e lhe dissesse: vem, Vitorino, aqui estou, me aproveita, sou toda sua agora. Depressa, porque o agora não é para sempre, muito menos uma folhinha na parede.

Vitorino bestando em frente da folhinha. Seu Zé da Venda lhe dizendo: De novo olhando ela? Não é de carne e osso, será que não descobriu até agora? Soltou uma gargalhada. Estava acostumado com a garotada que frequentava a sua venda, em especial com Vitorino. Ele ia lá quase todos os dias. Vez por outra comprava linha para a mãe, jabá, farinha, algum feijão, mas sempre ficava hipnotizado pela mulher nua em pelo, os cabelos descendo até a cintura, o sexo quase à mostra, os peitos fartos chamando. Mesmo ele, seu Zé, antes de fechar a venda, entrava na folhinha. Em casa a mulher, grávida ou não, era barriguda eterna, as tetas caídas, os dentes precisados de reparos, cacos de dentes. Mais ainda, naquele povoado perdido no fim do mundo, ninguém sabia nem poderia saber que ele se satisfazia com a mulher loura e nua da folhinha. No ano seguinte poderia ser outra loura ou uma morena. Que importava? Uma ou outra ele seguiria com os olhos, o pensamento, e a sua mão o levava a um mundo distante do seu povoado. Olhos na folhinha, a mão em movimento crescente, seu Zé entrava no torvelinho durante o tempo em que durava a viagem mágica. Depois a respiração ofegante, a volta aos sacos de mantimentos. Como, portanto, condenar alguém? Muito menos Vitorino, que à noite (ele poderia jurar), enrodilhado na sua enxerga, num cantinho do casebre onde morava, viajava com a mulher da folhinha, na certa por paragens mais belas, porque Vitorino era um menino e ele quase um velho. Talvez por isso seu Zé tivesse um carinho especial por Vitorino, e muitas vezes lhe dava balas.

Foi ele quem lhe arrumou os trocados para a viagem: No Sul tudo é diferente, você faz dinheiro, volta gordo, rico e importante. Lá a mulher da folhinha é de verdade.

Teve vontade de completar: e a sua mão não é imaginação. Mas ficou mudo. Medo de se trair.

Vitorino pegou os trocados e enviesou o corpo para rir sem ser visto. Uma vez na estrada, encarapitado em um caminhão, não olharia para trás. Um dia devolveria o dinheiro, mas voltar para aquele mundo, nunca. Nem gordo nem magro. Jamais. Só morto.

4

Enquanto comia o algodão-doce azul comprado em uma carrocinha em frente à Central do Brasil, Vitorino pensava: o corpo dela deve ser derramado em açúcar. Ela, a mulher da folhinha de verdade. E sentiu o sexo crescer.

– A sorte, a sorte, me dê sua mão – dizia a cigana, quase segurando a mão de Vitorino. – Cinco reais pra te mostrar a felicidade. Uma mulher loura e outra morena vão brigar por sua causa.

Vitorino retraiu a mão.

– Não tenho dinheiro.

A cigana arrebanhou a saia longa, ia se afastar, mas insistiu:

– Cinco reais, só cinco, deixo por dois.

Aturdido, olhou para ela:

– Nem dois.

– Qualquer coisa, meu filho está doente, qualquer coisa. Uma mulher loura e outra morena vão brigar por você.

Vitorino estendeu-lhe uns centavos.

– Uma mulher vai te trair – disse ela pegando os centavos e se afastando.

Na sua terra era como se tudo dependesse do destino. Mas ali no Sul talvez devesse achar graça da cigana. De qualquer forma, pensou: nenhuma mulher brigara por ele. Ele é que brigara pelo amor da mulher da folhinha. Ele, a sua mão no escondido do catre. Talvez por isso tivesse decidido sair do povoado, ir para o Sul. Os pais jamais o incentivaram, mas o avô dizia:

– Procura outra vida, meu neto, sai depressa daqui.

E ele foi com os caraminguás que seu Zé da Venda lhe dera para a passagem e para se sustentar enquanto procurasse emprego.

5

– Ria para mim – disse Cecília com firmeza. – Sem entender, Vitorino armou o riso. – Seus dentes são lindos, sua boca cheia do tremor da vida – ela completou.

O riso parado no tempo, ele não compreendia o que Cecília queria. Estavam em um recanto do jardim, protegidos pela folhagem alta. Ela cheirou o pescoço de Vitorino:

– Eu gosto.

O seu nariz tocou o gogó dele, a boca se abriu, os dentes se fecharam no pescoço do jardineiro.

Ele tremeu, se arrepiou, e sentiu como se o pescoço, pernas, sexo, todo ele tivesse adquirido aquela cor só possível quando a chuva-milagre do seu povoado descia. A dentada de Cecília era a chuva rara da sua terra, modificando o seu corpo.

Ela se afastou um pouco para olhar bem dentro dos olhos de Vitorino, sentiu o cheiro de terra que vinha do corpo dele, a beleza do rosto acobreado, o peito forte, os quadris retos como os de um índio, o volume do sexo, os braços e pernas musculosos. E pensou: eu quero esse homem. Olhou de novo dentro dos olhos dele, depois desceu a mão e acarinhou o sexo de Vitorino. Aí, encostou sua boca no ouvido dele e sussurrou:

– Vou te endoidar.

Vitorino quis segurar a mulher da folhinha de verdade, mas ela deu um passo para trás, e antes de se afastar apontou para um canteiro, implicou:

– Não gostei destas rosas.

Mais parado do que estava, o sexo mais nervoso ainda, só conseguiu responder.

– Sim, senhora.

– Faz como eu quero – virou-lhe as costas, seguiu seu caminho

Severino largou a enxada, foi para o seu quarto, confuso e sem entender a atitude de Cecília. Logo aquele canteiro, orgulho dele! Aprendera a lidar com flores! A mão dela, a mordida dela!

Aquela noite foi a mais longa de todas desde que pusera os pés no Sul. E a mais penosa. Uma infinidade de vezes Vitorino despiu Cecília, a mente percorrendo o corpo dela como o seu dedo percorria a folhinha da venda do seu Zé, e a mão materializando a mente.

Às seis da manhã, hora de se levantar e pegar no trabalho, não conseguiu tirar a cabeça do travesseiro. Ardia em febre.

6

Doutor Antunes jamais teve problema com os empregados que há anos ele mantinha. E por que justo com Vitorino, de poucos meses de casa?

– A única evidência de doença é a febre alta – disse doutor Ferraz, coçando a cabeça, intrigado. Tirou um bloco da maleta, receitou um antipirético. – É bom que sue, vamos esperar até amanhã.

Na sua terra, suasse em excesso definharia até a morte. Ali no Sul o suadouro salvaria a sua vida. Febre alta, o sexo fervendo, queria pensar: talvez tudo seja questão de momento, quando se precisa de pouco mais ou pouco menos de água. Queria, mas lá estava o cheiro de Cecília, o corpo dela junto ao seu, os dentes ferindo o seu pescoço, e a mão da mulher da folhinha de verdade no seu sexo.

Doutor Ferraz voltou no dia seguinte, o quadro continuava o mesmo.

– Melhor internar.

Doutor Antunes resistiu:

– Empregado meu se cura em minha casa.

Doutor Ferraz guardou o termômetro:

– Continuar assim é morte certa, sem se saber do que morreu. Se até amanhã não for internado, lavo as minhas mãos.

– Então até amanhã – decidiu doutor Antunes, e deu um tapinha no ombro do doutor Ferraz.

As casas têm ouvidos, olhos, bocas, todos os sentidos. Acompanham seus moradores na alegria, na tristeza, na saúde, na doença, no desespero e na impunidade. E tudo registram. Mas não saem por aí contando o que acontece. Também, não é a qualquer hora, por qualquer motivo, e para todos, que as casas se manifestam, se mostram. É preciso sensibilidade especial. Cecília possuía essa sensibilidade e ouviu a mansão lhe dizer:

– Vitorino está morrendo por sua culpa. Vai lá hoje, amanhã poderá ser tarde demais.

Cecília era jovem, portanto se lixava para a morte. Para que se preocupar? Era saudável, lindíssima, riquíssima, inteiríssima, louríssima, cheirosíssima e filhíssima de papai empresário-rei no Sul, dinheiro saindo pelo ladrão. Ela, um passo aqui, outro acolá, e eles, os passos, motivo de manchete nos jornais e revistas. Cecília bocejava exausta das tantas e quantas vezes em que aparecia nas colunas sociais.

Pois é, assim tranquila em seu berço esplêndido, por que se preocupar com outro berço, e triste, e feio, e paupérrimo e de tão longe? Mas estava ela posta em sossego quando ouviu de novo a voz da mansão, agora telegráfica:

– Vai lá PT Urgente PT Vitorino está morrendo PT.

E ela foi.

Ele é lindo, pensou enquanto caminhava em direção ao alojamento dos empregados. Caminhava e ria da perplexidade do jardineiro quando tocou no sexo dele.

Abriu a porta do alojamento, entrou no quarto de Vitorino, sentou-se na beira da cama. Olhos fechados, ele ardia em febre. Ela se inclinou, sussurrou:

– Sou eu, fala comigo.

Ele mudo.

Cecília insistiu:

– Sou eu, fala comigo.

Ele mudo.

Pela terceira vez:

– Abre os olhos, fala comigo.

Mudez.

Cecília se inclinou e disse:

– Eu te amo.

Mas Vitorino continuou mudo, só o calor terrível do seu corpo.

Então ela ouviu uma voz fininha vinda não sabia de onde:

– E *eu te amo* é frase mágica pra levantar quase defunto?

Cecília se espantou, mas respondeu:

– Ele não é do meu mundo, é de outro muito longe e miserável.

– Mesmo assim, do seu mundo ou de outro, o amor já era.

– Não acredito. Mentira. Desde o primeiro dia em que ele pôs os olhos em mim eu percebi que me amava.

A voz deu uma gargalhada.

– Nunca pensei que você fosse tão boba!

– Sou?

– Põe boba nisso! Não dá pra ver que amor sempre ficou no segundo plano, segunda opção? No fundo, no fundo, existem apenas desejo, tesão, interesse.

– Como você é destrutiva!

– Não sou. Tudo é questão de tempo.

– E o amor de Romeu e Julieta?

A voz riu fininho.

– Erro de cálculo, transporte inadequado. Já imaginou se Romeu houvesse chegado a tempo e eles tivessem que viver a vida de casados, aquela vida do dia a dia que mata qualquer tesão?

Cecília olhou espantada em direção à voz.

– Mata?

– Mata. Sinto muito te decepcionar, logo você, tão novinha!

– Não acredito, não acredito! – Cecília parecia sufocada.

– O dia a dia mata – repetiu a voz, e continuou: – Já imaginou Romeu e Julieta em horas nada românticas, como cada um vendo o outro escovar os dentes todas as manhãs? E outras coisas mais? Quanto tempo duraria o amor deles? Alguns anos. O resto seria fingimento.

Nunca ninguém falara assim com Cecília, menosprezara o romantismo que, apesar do realismo de sua geração, trazia dentro dela. Sentiu-se perdida e perguntou à voz:

– Existe salvação?

A voz bocejou. Seu trabalho era aquele: alertar. Andava tão cansada... Alertava, não dava em nada. Mas como trabalho é trabalho, continuou:

– Existe. Mas é raro, tão raro, raríssimo, que até parece anomalia. Seja como for, nem sei se vale a pena.

Cecília só tinha dezessete anos. Preocupada, insistiu:

– Existe pelo menos esperança?

– Afinal de contas, o que você quer com o Vitorino?

– Eu... nem sei – respondeu.

– Se não sabe, por que veio até aqui?

– A mansão mandou.

– Tudo bem. Se eu fosse você, tentaria um jogo diferente. Tão antigo que nem o tempo consegue dar conta dele. O jogo do desejo do corpo junto do corpo, da carne junto da carne.

– Com o Vitorino?

– Evidente! – disse a voz, sentindo-se responsável. – Termine o que você começou ontem, escondidos no jardim. Por você não haver dado fim ao jogo, ele está à morte. Não quer salvá-lo?

Cecília ficou muda.

– Quer ou não quer? – perguntou impaciente a voz.

– Claro que quero.

– Mas aja rápido. Ainda dá tempo.

Então, Cecília se inclinou e foi passando muito devagar a mão pelo corpo de Vitorino. O dedo indicador seguiu o contorno do rosto, o traçado das sobrancelhas, o perfil do nariz, e quando chegou à boca, Cecília se inclinou mais e lambeu os lábios de Vitorino. Depois as suas mãos desceram, alisaram o peito forte, uma delas se intrometeu no pijama, encontrou o sexo dele, e fez o que Vitorino fazia no catre pensando na mulher da folhinha.

Aí, os olhos de Vitorino se abriram e... – ah! ah! ah! – gemeu ele. Sua febre desceu e concentrou-se onde a mão de Cecília trabalhava, e mais, e mais...

Vitorino respirou fundo, inflou o peito e a lava do vulcão subiu pela cratera, se despejou, cobriu a mão de Cecília, inundou o pijama, espalhou-se pela cama.

No dia seguinte, antes das seis da manhã, lépido e fagueiro, levantou-se e foi cuidar do jardim.

Quando doutor Ferraz chegou e viu Vitorino mais vivo do que nunca, disse ao doutor Antunes:

– O sertanejo é antes de tudo um forte.

7

Doutor Antunes era boa alma, mas implacável quando se tratava de defender a família. Ao perceber que a filha andava se engraçando para o lado de Vitorino, tratou de cortar a raizinha antes que ela medrasse, crescesse, se fortalecesse, se impusesse, e ao final gerasse várias outras raizinhas insinuando-se, tomando conta do seu império. Preocupava-se, embora a terra onde nascera Vitorino não fosse concorrente para ele. Aquela terra era tão infeliz, tão infeliz que nem os peixes se aventuravam a nadar por lá. O único rio cortava quase todo o tempo. Melhor dizendo, o único riacho só raramente tinha algum filete d'água, e não havia guelra de peixe que aguentasse.

Mas doutor Antunes se preocupava. Cecília e Vitorino eram água e óleo, de mistura impossível. Ele lá ia querer que a sua menina dos olhos, a única que possuía, mesclasse a sua perfeita brancura com a cor de Vitorino? Nem negro, nem mulato, aquele tom do sertão também era difícil para doutor Antunes entender e aceitar. Cada passarinho no seu ninho, cada macaco no seu galho. Guardadas as devidas proporções, não foi assim com Abelardo e Heloísa? Esboçando um sorriso, doutor

Antunes pensou: e melhor fim não poderia haver para aqueles dois. Afinal, quem quebra as regras do jogo...

Sua riqueza, quando ele se fosse daquela para outra, jamais ficaria em mãos estrangeiras, sugadoras, ignorantes, como as de Vitorino. Não vivera a vida toda formando o seu império para nada. Recebera-o de herança, é certo, mas continuara por ele mesmo, depois por Mara, e depois pela importância maior: Cecília, olhos transbordantes de tão azuis, pele mais branca do que qualquer brancura. Doutor Antunes voltou ao passado: Mara tinha os olhos azuis e a pele branca que Cecília herdaria. Os 17 anos dela. Os 55 dele. Ele alisando o corpo de Mara, dando a ela outras formas de prazer que o defendiam da realidade: joias, posição social, viagens, riquezas, tudo que fizesse com que ela continuasse ao seu lado. A felicidade deles exibida nas revistas. Primeiro eles dois, depois o rostinho de Cecília. Quem lia as revistas acreditava na paixão? Mara lia e sorria. Doutor Antunes lia e também sorria, imaginando os Antunes espalhados pelo mundo. Respirava fundo, pensava: nós, os Antunes, podemos.

Pensou em conversar com Mara sobre Cecília e Vitorino. E, em um domingo, quando acabavam de tomar o café da manhã na pérgula ao lado da piscina, decidiu-se. Mas ela estava tão linda vestida de azul, olhando o céu azul com seus olhos azuis, que doutor Antunes quase desistiu de preocupá-la. Mesmo assim...

– Pois é, amor – começou ele.

Reclinada na espreguiçadeira, Mara afastou os olhos do jardim florido à sua frente, suspirou e, numa languidez programada, lentamente voltou o rosto em direção ao marido.

– Desculpe, querido, estava distraída. Dá pra repetir?

– Pois é, amor. Não quero te preocupar, mas acontece que Cecília...

– O que ela aprontou desta vez?

– Vitorino.

– Vitorino, o jardineiro?

– Ele mesmo.

– E daí?

– Tenho medo... você sabe...

Antunes sempre titubeava diante da mulher. Nem pensar em comandar o pensamento dela, perder Mara... jamais. Ela valia qualquer preço. Qualquer um, apesar dos vinte anos de casados. Continuava linda aos 37. Depois dela, Antunes nunca se deitou com outra mulher. Ultrapassara as três fases: o início do caminho, o primeiro amor, o primeiro casamento; as mil e uma mulheres, as mil e uma traições; e na maturidade a descoberta de Mara, a chegada de Cecília.

Repetiu:

– Tenho medo que aconteça alguma coisa entre Cecília e o jardineiro. Estou pensando em despedi-lo.

– Despedir o Vitorino? E quem vai cuidar das minhas rosas?

Se Antunes não estivesse vivendo os últimos capítulos da vida nem estivesse acostumado às leviandades de Mara, na certa contestaria. Mas...

Ela piscou para ele.

– Para com isso, amor. Deixa que eu converso com Cecília. Ela é uma criança, só tem dezessete anos, a idade com que eu me casei com você, se lembra?

Antunes estendeu o braço, sua mão tocou a da mulher.

– E eu podia esquecer?

Mara sorriu:

– Então, deixa comigo.

Assim, Vitorino escapou de receber o bilhete azul.

8

Guia era bonita, esguia, pele azeitonada, cabelos longos, crespos. E perfumosos, dissera Vitorino na primeira vez em que dormiram juntos. Ela havia rido. Uma única olhada no dia em que ele apareceu na cabeça de porco procurando um canto onde ficar, ela o avaliara de cima a baixo, e teve vontade de beijar aquela boca suculenta e viva, que era de se estranhar houvesse sido gerada em terra tão triste e seca (saberia mais tarde). Única olhadela e dissera:

– Vem comigo, tem um quarto sobrando, mas se quer ele, te avie que não demora vem gente querendo.

E o levou ao segundo andar do que um dia fora uma mansão suntuosa com muitas janelas.

Vitorino olhou o quarto, suspirou, aquilo não era exatamente o que pensara encontrar no Sul, mas com o pouco dinheiro do seu Zé, não poderia ter melhor. E comparado ao casebre dos seus pais, aquele quarto era quase um palácio. Virou-se para Guia:

– Fico com ele.

Guia acabava de pôr as roupas na corda quando Vitorino entrou na cabeça de porco.

– Conseguiu alguma coisa? – perguntou ela.

– Talvez.

– Como talvez?

– Vou ter resposta na semana que vem: jardineiro.

– Jardineiro? Você não distingue rosa de cravo! – ela riu.

– Mas vou distinguir. Sempre quis lidar com flores, sentir o perfume delas.

– Desculpe – disse Guia, enlaçando o pescoço de Vitorino e levando-o para o quarto, agora deles.

Ela transferira seu fogão, geladeira, armário, televisão e outros pertences para o quarto de Vitorino. Ele não se opusera. Mesmo porque não tinha nada.

Vitorino não se espantaria se Guia, tão linda e perfeita, fosse a próxima mulher da folhinha da venda de seu Zé. Se fosse e ele estivesse lá, aconteceria o que sempre aconteceu. Mas agora a mulher da folhinha era de verdade, morena em vez de loura, mas só dele: Guia.

Quando, na semana seguinte, Vitorino foi à mansão dos Antunes saber a resposta, viu Cecília, de longe. Mas tão luminosa, que ele não conseguia tirar os olhos dela. Vestida, mas era a mulher da folhinha da venda do seu Zé.

E quando chegou à cabeça de porco e disse à Guia que conseguira o emprego de jardineiro, ela o puxou, levou-o para o quarto para fazerem amor, ele fez pensando na visão.

9

O casamento não cortara as asas de Mara. Ela não viera do submundo ou da pobreza, e se lhe perguntassem por que se casara com Antunes, não daria a resposta corriqueira: é o homem da minha vida. E não deu quando algum tempo depois de casada, em entrevista altamente invasiva, fitou o interlocutor com aqueles olhos azuis potentes como faróis, e tão meigos e verdadeiros que o *cameraman*, rapidinho, deu um close neles e eles foram vistos pelos quatro cantos do país. A tela se encheu com o azul da íris que dizia: me casei com Antunes porque com ele eu posso tudo. Resposta com várias possibilidades de interpretação.

Houve quem ficasse frustrado com a resposta de Mara, por desejar uma definição ao pé da letra. Mas houve também quem sonhasse, e resposta literal incomoda. Só para citar oito e oitenta.

As possibilidades de interpretação atingiram vários segmentos geográfico-psico-sócio-econômicos. Antunes era uma potência na área privilegiada do país.

Se a televisão, por exemplo, chegasse ao povoado onde nascera Vitorino, seu Zé, em primeiro lugar, desejaria que a mulher da folhinha pregada na parede da sua venda virasse de carne e osso. Em seguida, que os olhos tão azuis de Mara se transformassem em chuva, inundassem o riacho para impedir que secasse e matasse os peixes. E se o dinheiro de Antunes escorria pelo ladrão, que ele despejasse algum no seu povoado. Assim ninguém precisaria ir embora, fugir para o Sul, como fizera Vitorino.

Antunes idolatrava Mara. Se fechasse os olhos estaria feliz; se os abrisse, fácil seria saber onde ela e o outro estavam. Doía em Antunes? Claro! Mais doeria ficar sem ela. Assim, para evitar problemas, Antunes vivia atrás de óculos bem escuros, o que não o impedia de dirigir suas empresas e colocar seus dez dedos articulando a situação política do país. Ele era aquilo para o qual nascera e fora treinado, não saberia agir de outro jeito.

Seus colegas de ramo assim também agiam, modificadas, evidentemente, situações peculiares, confidenciais. Antunes, por exemplo, sentiu-se lisonjeado ao ver e ouvir as declarações de Mara na televisão. Ela o apontava como homem sensível, inteligente, que dava à mulher liberdade de ação, possibilidade de ser ela mesma, portanto ligada a ele pelo amor.

Antunes e Mara estavam em casa, sentados no sofá da sala íntima, vendo o programa.

Ele virou-se para ela, abraçou-a forte, comentou:

– Você em pessoa é mais bonita do que no vídeo, seus olhos são mais azuis. Mas o *cameraman* foi genial, fez você dominando toda a tela.

Ela sorriu doce, e passou a língua no rosto do marido, de leve, depois a língua desceu até o gogó e parou. Não conseguiria ir além, a menos que fosse imperioso. Mas, há tempos, Antunes se satisfazia com aquele prólogo e com o manequim em que Mara se transformara na cama, poucos anos após o casamento.

Com tanta coisa para fazer, programas para cumprir, Mara jamais se preocupara em conhecer o jardineiro que cuidava de suas rosas. Para o comum do dia a dia tinha a governanta. Competia a ela comunicar-lhe o que se passava naquela mansão com jardim imenso: descuidos, querelas e outras coisas mais entre empregados, se os fatos fossem importantes. Mara queria estar livre para viver.

Pois é, as coisas acontecem na vida muitas vezes por acaso. Não tivesse Antunes mencionado sua preocupação com Cecília, Mara jamais poria os olhos no homem que cuidava de suas rosas, e em tempo algum se interessaria por ele. Um joão-ninguém, pouco se lhe dava de onde viera, o importante era a beleza que estavam as suas flores.

Mas curiosidade agarra mais que picão, plantinha que só conhece quem já andou pelos matos, e principalmente se a responsável pela curiosidade for mulher jovem e linda, de apenas dezessete anos, e ainda por cima sua filha.

Cecília apaixonada por um jardineiro, com tantos homens disputando a sua mão? Mara não se iludia, a fila imensa de pretendentes tinha mais a ver com a incomensurável fortuna do marido. Cecília era mesmo linda, mais ainda havendo dinheiro. E ela a dizer não, não aos pretendentes.

Então Mara decidiu conhecer Vitorino.

– Vitorino?

– Sim, senhora – respondeu ele, sem entender por que fora chamado pela patroa após meses de casa.

Mara examinou-o: seus olhos pararam na boca – que vontade de morder aqueles lábios, sugar o sangue deles –, os quadris, a força das pernas, a fartura do sexo. Depois os olhos envolveram o corpo inteiro dele, subiram e desceram várias vezes em segundos. O peito de Vitorino, sem nuvem de velhice, ela lamberia e se acolheria nele até o fim dos tempos.

Quis falar, mas pensou apenas: ah, Vitorino, vem para mim, sou melhor do que Cecília, tenho experiência e faço amor como ninguém. Minha filha é uma criança. Fica comigo, Vitorino, me ama que eu acenderei seu amor onde e como você nem imagina.

Mas naquele momento, dissesse ela o que dissesse, fizesse o que fizesse, de nada adiantaria, porque o sexo e a mente de Vitorino estavam voltados para Cecília, para o dia em que virou vulcão e despejou sua lava nas mãos dela.

– Sim, senhora – repetiu ele, sentindo-se analisado e com medo de ser despedido. Se fosse, de onde viria o dinheiro para o aluguel do quarto, para o amor de Guia? Medo maior era perder Cecília de vista. Pelo menos de vista, que ela jamais voltaria a beijar a sua boca, a tocar o seu corpo, ele tinha certeza.

E Mara:

– Vitorino, quero mais uma fileira de rosas vermelhas, outra fileira de rosas amarelas.

– Sim, senhora.

– Por enquanto é só. – Encarou Vitorino e lançou farpas de tesão bem dentro dos olhos dele. As farpas caminharam e se distribuíram pelo corpo do jardineiro.

Vitorino não poderia imaginar que sua vida ficaria entre dois alçapões. As farpas dos olhos de Mara lhe diziam: estou aqui, me vê, me aproveita. Mas havia o esplendor da juventude de Cecília, que o tentava como se fosse beijá-lo, depois se afastava dele, um esfarrapado malcheiroso como era antes de vir para o Sul.

Agora andava nos trinques, jeans e camisa de malha colorida que ressaltava a força do peito, compradas em camelô da Central. Não que gostasse da Central do Brasil, lembrava-lhe a miséria do seu povoado, mas as roupas dos camelôs eram finuras se comparadas às da venda do seu Zé. Vez por outra comprava água de cheiro para Guia, ou outro mimo. Ela merecia. Afinal, fora através dela que encontrara um quarto barato para viver. E a cama com ela era sempre cheirosa e macia, assim como a sua pele morena e os cabelos untados com óleo perfumado. Vitorino sentia o seu cheiro antes de ela abrir a porta, de entrar no quarto.

Quando contou para Guia o medo que tivera de ser despedido, o olhar prolongado da patroa em cima dele, Guia fixou seus olhos nos dele:

– Essa dona tá te querendo! Oxente! Te cuida!

Quase boquiaberto Vitorino encarou Guia:

– Quem sou eu perto daquela gente?

– Sei não, sei não. Te cuida ou eu faço uma desgraceira!

Depois tirou as roupas devagar. Nua, foi despir Vitorino, e fizeram o amor de sempre.

Mas Guia falara e lançara no ar uma suspeita que atingiu o coração de Vitorino, alertou a sua consciência.

Naquela noite, apesar da exaustão do sexo com Guia, Vitorino teve um sonho nebuloso onde se confundiam os olhos azuis de Cecília e os da patroa, exatamente iguais. E a pele precisamente semelhante das duas. E no nevoeiro Vitorino desejava tanto o amor puro de Cecília quanto a experiência de Mara. Guia pusera o sonho e o pensamento na sua cabeça.

Ao acordar, Vitorino pensou na patroa e em Cecília. Afinal, ele viera de tão longe para se tornar gente, e aquela cabeça de porco nada tinha a ver com o que sonhara durante sua viagem tortuosa para o Sul. Antes de se levantar olhou Guia, a suavidade do sono dela. Ah, Guia, eu te amo, mas...

Deixou-a dormir em paz, levantou-se e foi fazer café, precisava para clarear sua cabeça. Tomou gole por gole, um pensando em Cecília, outro pensando em Mara, e outros mais pensando nos motivos por que fizera aquela viagem.

10

Hoje é feriado, pensou Mara, e Vitorino está de folga. Aquele desejo que aflorara ao encarar o jardineiro a sufocaria se não fosse mulher experiente. Mas amanhã ele começa a preparar canteiros de rosas, petúnias, cravos vermelhos e brancos, dálias e outras tantas flores que me vierem à cabeça. Se depender do tamanho do meu jardim, Vitorino plantará flores pelo resto da vida. Antunes passa o dia trabalhando, a governanta não arreda pé da mansão cuidando dos empregados. Ah, Vitorino! Vou te ensinar a me desejar! Esquece Cecília para o seu bem.

Ela alertara a governanta:

– Preste atenção em Cecília, ela só tem dezessete anos, está na fase do romantismo, portanto não sabe distinguir o certo do errado. E agora com esse jardineiro novo, bonitão... Só não entendo por que esses nordestinos largam sua terra pra trabalhar no Sul. Por que não ficam onde nasceram? – Mara fez um esgar de desagrado, o mais verossímil possível, para impressionar a governanta e justificar futuras atitudes.

A governanta, uma sessentona bem nutrida, descendente remota de poloneses, bochechas gordas, rosadas, continuando o destino antigo dos lacaios de sua família, pensou em Vitorino e suspirou de mansinho para que a patroa não notasse. Nos braços dele teria coragem de perder a virgindade. Quisesse Deus que dona Mara não o despedisse, porque só de olhar para ele mantinha seus sonhos eróticos em dia.

– Só não o demito porque as minhas rosas estão mais lindas do que nunca. E duvido que encontre alguém melhor que Vitorino para cuidar de flores. Mas fique de olho no nordestino e em Cecília.

– Ninguém melhor do que ele para as suas flores, dona Mara. Deixa comigo que eu cuido dos dois.

Mara fez um aceno ligeiro com a mão, dispensando-a. Ela se foi. Mara saiu do hall, entrou na varanda, desceu ao jardim e seguiu pelo caminho ponteado com cerâmica ocre, até um sítio cercado por trepadeiras floridas, que Antunes mandara plantar em torno de uma gruta escavada na rocha pelo tempo. Antunes adorava aquele recanto, que transformara em lugar de recolhimento, meditação, lugar de fazer amor com Mara. Mas naqueles vinte anos a mulher negou-se a se enfurnar ali. Para ela, a condição *sine qua non* para fazer amor eram cortinas tênues, que romantizavam o quarto de dormir, e lençóis de cetim finos e macios como os dos deuses do Olimpo.

Com o tempo, a gruta ficou esquecida, sua entrada quase impossível de ser localizada tal o emaranhado das trepadeiras que cresceram e tomaram conta do lugar. Mas Mara descobriu que essa gruta preparada por Antunes, vinte anos atrás, era o canto ideal para amar Vitorino. Que ela se lembrasse, a gruta era atapetada com plantas resistentes à umidade e falta de sol, tinha uns seis metros de profundidade, boa largura e altura suficiente para um homem alto.

No dia seguinte ao feriado, mandou chamar Vitorino. Viesse com o facão.

Ele chegou, tirou o boné, cumprimentou-a.

Ela encarou-o fixo durante alguns segundos, em seguida apontou-lhe um local distante do casarão:

– Seu trabalho vai começar por lá. Vem comigo.

Caminharam uns 500 metros e pararam em frente de uma pirâmide de trepadeiras densas.

– Atrás das plantas existe uma gruta. É aqui que eu quero que trabalhe. Na gruta quase não entra sol, portanto é preciso que seja ornada de plantas que suportem a falta de luz e a umidade. Afaste as trepadeiras para que a gente possa entrar, mas não as machuque. Elas são a porta desta casa.

Vitorino usou o facão com cuidado, e com as mãos afastou galhos das trepadeiras que impediam o acesso.

Entraram. Lá dentro só umidade e cheiro de ervas.

– Aqui o sol quase não chega. Quero que as plantas sejam macias como a minha pele. – Mara segurou a mão de Vitorino, conduziu-a ao seu rosto.

Como a pele de Mara era semelhante à de Cecília, talvez guardassem os mesmos segredos, pensou Vitorino. Então as suas mãos percorreram o rosto da patroa, seus dedos entraram nos cabelos dela.

A boca de Mara envolveu a boca de Vitorino.

Nem por segundos passou-lhe pela cabeça seu desejo por Cecília, o amor por Guia. Naquele instante, deitados na relva antiga, ele tinha Mara nos seus braços. Aquele momento era uma caixa de surpresas, em que Mara dançava feito a bailarina da caixinha de música que comprara num camelô da Central do Brasil e dera de presente à Guia. Vitorino jamais poderia supor que o corpo da patroa fosse de tal suavidade e que o cheiro dela também fosse igual ao cheiro que sentira quando Cecília mordeu o seu pescoço.

Uma réstia de sol penetrou cuidadosa e curiosa pela entrada da caverna deflorada após vinte anos, foi tateando na escuridão e acabou por encontrar e iluminar os seios redondos e alvos de Mara e seus cabelos muito louros.

Vitorino olhava fascinado para toda aquela alvura, aquela perfeição. E não conseguia imaginar nada maior do que a folhinha de verdade na sua frente, deitada na relva úmida à espera do corpo dele sobre o dela.

Mara se vestiu.

– O lugar melhor para se esconder é aquele quase à vista das pessoas. O meu marido jamais buscará este recanto afastado do casarão e abandonado há vinte anos. Quero você cuidando do meu jardim imenso para sempre. Mas aqui nesta gruta, com muito cuidado, sem que ninguém perceba, você fará um lugar delicioso para nós. Porque é aqui que a gente vai se amar para o resto da vida.

A cabeça de Vitorino estava a mil entre o raiar do dia e o escurecer. Ele era apenas um nordestino paupérrimo que fora para o Sul à procura de vida melhor, se possível do sucesso.

Vitorino viu Mara se vestindo e dizendo que aquela gruta seria o seu futuro.

Saíram. Ele pensando no conto de fadas que fora aquele amor. Só raciocinou ao chegar ao seu quarto no alojamento dos empregados. Fosse como fosse, aquela gruta era tão sem liberdade quanto o lugarejo de onde viera, embora ali estivesse o corpo e o amor de sonho que a patroa lhe dera. A tal ponto lindo que não se lembrara de Cecília ou de Guia.

Vitorino jantou salada de folhas, arroz com feijão, carne-seca e abóbora, abacaxi como sobremesa, no restaurante dos empregados, que doutor Antunes fazia questão fosse supervisionado por uma nutricionista. Queria seu pessoal saudável.

Depois deu algumas voltas em torno do alojamento, ouvindo música sertaneja pelo radinho de pilha, e só então entrou no seu quarto, atirou-se na cama. Estava cansado, muito cansado, de corpo e de cabeça. Na cama lembrou-se de Guia, e teve certo remorso por havê-la traído. Mas dormiu pensando em Cecília, a primeira paixão que lhe acontecera na vida.

11

Na folga de fim de semana Vitorino foi para casa. Antes passou pelos camelôs da Central e comprou para Guia um prendedor de cabelos com brilhantinhos, que na certa ela adoraria. Guia amava adornos para prender os cabelos rebeldes, embora Vitorino gostasse deles soltos, naturais. Mas como cada mulher é única, jamais se atreveu a dar palpite. Mesmo porque ela era decidida e não necessitava de conselho de ninguém, nem mesmo do dele. E alguma coisa volteou na sua cabeça. Guia não precisava, mas queria o seu amor. Mara, que muito menos precisava, também queria o seu amor. Portanto, ambas sabiam exatamente o que desejavam dele. E Cecília? Livrou-o da morte que ela quase provocara. E nela ele nem chegara a tocar. Aqueles momentos com Cecília foram o descobrimento dele mesmo, a imaginação pulsando, o desejo aflorando. Depois ela não pedira nada. Desaparecera. E daquele dia ficara mais ainda a necessidade de possuir o corpo dela, entranhá-lo no seu.

Fosse como fosse, o que tinha ele de extraordinário para três mulheres o disputarem?

Lembrou-se da cigana na Central do Brasil:

– Você vai ser traído por uma mulher.

Por que logo eu?, ele havia pensado.

Mas, agora, mentalmente diante de três mulheres, o que aconteceria com ele, um capiau de um Nordeste árido perdido no fim do mundo?

Vitorino pensou em Guia. Ela, sim, era de acordo com ele, com seu lugar no mundo, sua cor, sua pobreza, seu saber acanhado. Pudera, o máximo que conseguira foi cursar o primário numa escolinha de sopapo, chão de terra batida, onde dona Severina, a professora velha e feia, juntava toda a criançada, não importava a idade, numa turma só. Mesmo assim era de se levantar as mãos e agradecer a Deus. Era aplicado, aprendeu as primeiras letras com facilidade, e ninguém somava, diminuía, multiplicava e dividia melhor do que ele. Sempre foi o primeiro da turma. E no final do ano era ele quem recebia o prêmio de melhor aproveitamento. Dona Severina comprava, com seu próprio dinheiro, o prêmio no armazém de seu Zé, uma caixinha pequena de papelão com seis lápis de cor. O prêmio era sempre o mesmo, porque dona Severina não tinha dinheiro para mais, e mesmo porque não existia algo melhor do que lápis de cor naquele povoado. Como Vitorino não tinha tendência para a arte, as caixas ficavam quase intocadas. Mas foi com a professora que ele criou amor por flores. Ela desenhava flores em um papel e pedia aos alunos que copiassem. Com o tempo ele aprendeu a forma, a cor e o nome de várias flores.

Cheirava os desenhos.

– Cheiro o desenho não mostra, Vitorino. Mas um dia, quando você puder sair daqui e for para o Sul, vai ver cada flor que desenhou e sentir o perfume delas. – Dona Severina passava a mão nos cabelos negros dele: – Tenho orgulho de você, filho.

No dia em que Vitorino se preparou para pegar o caminhão para o Sul, ela deu-lhe um largo beijo no rosto com sua boca enrugada.

– Não esqueça das flores!

– Vou ser jardineiro, professora. – E durante a viagem foi pensando em sua proposição.

Vitorino chegou à cabeça de porco com o presente para Guia, esperando que ela gostasse daquele prendedor de cabelo de pedrinhas. Era sábado e poderiam sair para dançar em algum lugar. A feira de São Cristóvão era boa pedida. Tanto quanto ele, Guia gostava de forró. Com certeza iria com o vestido vermelho bem justo, marcando todas as suas curvas, o decote um pouco exagerado, o cabelão iluminando seu rosto, a boca e as unhas longas pintadas de vermelho mais vivo que o do vestido, e um pouco de carmim nas faces valorizando o tom moreno da pele.

Entrou no quarto, mas sabia que ela não chegara ainda. Era manicure lá pelos lados da Saúde, sábado tinha o dia tomado, cheio de freguesas, e não voltaria antes das oito. Às vezes até domingo atendia alguma freguesa em domicílio. Vitorino não gostava, mas tinha que convir, Guia tinha razão, fazia seu dinheirinho extra.

– Um dia vou abrir meu salão. Tenho amigas de confiança pra trabalhar comigo. Primeiro alugo um, vou crescendo, compro uma loja, e você vai ver a sua Guia ficar rica. Quero um salão de beleza chique na Praça da Bandeira. É um bom ponto. O que você acha, amor?

Vitorino viu o brilho que vinha dos olhos dela, a exuberância como ela movia o corpo enquanto contava para ele o que desejava da vida.

– O que você acha?

– A mulher linda que vai dar certo na vida. Mas não se esqueça de mim.

Guia se atirou nos braços dele, encheu-o de beijos.

– Nunca! Isso nunca!

Enquanto ela não chegava, Vitorino aproveitou para tomar banho, se perfumou com a colônia que comprara no camelô da Central e que Guia dissera ser muitíssimo sensual, vestiu jeans e a camisa de malha branca desenhada no peito, que ele guardava para os sábados e domingos. Colocou o embrulhinho com o prendedor de cabelos em cima do travesseiro de Guia, depois ligou o rádio e ficou ouvindo música sertaneja. Enquanto ouvia lembrou-se da cigana da Central do Brasil:

– Uma mulher loura e outra morena vão brigar por você.

Naquele tempo ele só conhecia a mulher da folhinha do seu Zé. Mas agora havia Guia, Mara e Cecília.

Uma mulher vai te trair, dissera a cigana.

Qual delas?, pensou Vitorino. E por quê?

Antes de ouvir os passos de Guia pelo corredor, sentiu o perfume que vinha dela.

Tomara que goste do presente, pensou.

12

Mara bateu na porta do quarto da filha.

– Quem é? – perguntou Cecília.

– Sua mãe. Quero falar com você.

Cecília abriu a porta, Mara entrou, sentou-se na poltroninha estofada de seda, de estamparia alegre e miúda, ao lado da cama. Foi direto ao assunto.

– Estou pensando em despedir Vitorino.

Cecília assustou-se, mas manteve a calma e o rosto ingênuo de uma menina da sua idade. Mara já tivera dezessete anos, se deparara com situações delicadas, portanto não era marinheiro de primeira viagem que não pudesse ler no rosto de Cecília o que estava escrito em letras garrafais. Experiente, não acreditou na ingenuidade forjada da filha.

– E eu com isso? As flores são suas, o jardim é seu e o jardineiro, também, evidente. E por que está me contando?

Mara segurou os pulsos de Cecília, de leve mas firme, encarou-a:

– Você está dando em cima dele. Será que não entende que Vitorino é apenas um jardineiro ignorante?

– Mentira. Não tenho nada com o Vitorino. Para de me encher, mãe!

– Você sabe que Vitorino não tem onde cair morto?

– E eu com isso?

– Já imaginou se você arma um romance com ele, o que seu pai vai fazer? Seu pai já está velho, Cecília, e seria um desgosto enorme para ele.

– Mas você pode, não é, mãe?

– Posso o quê?

– Pensa que não vi você e o Vitorino indo pra gruta?

– Claro – disse Mara calmamente –, ele tem que cuidar de todo o jardim, que é imenso. De todo, inclusive da gruta. E quem comanda o trabalho dele sou eu.

Cecília não disse nada, e Mara ficou sem saber se a filha percebera o estirão de tempo que ela e Vitorino estiveram na gruta. Com certeza não, pensou, ou Cecília teria retrucado. Tranquilizou-se.

Mas a filha percebera e tivera ciúmes. Aquele ciúme que acontece quando há rivalidade entre mãe moça e filha. Mara ainda era jovem e muito bonita.

Cecília deixou passar uma semana e foi ao jardim à procura de Vitorino. O seu peito desnudo e suado brilhava ao sol. Ela abraçou-o, sentiu o suor dele passando para o seu corpo.

– O que está fazendo aqui?

– Vontade de te ver. – Puxou o rosto dele, deu-lhe um beijo na boca.

Todo ele sentiu saudades daquele dia em que despejara sua lava nas mãos dela. Naquele dia tivera consciência do próprio corpo por inteiro. E quantas Maras e Guias fossem, tocasse nelas ou em outras, Cecília estaria sempre presente na conjugação do cheiro, do tato e da imaginação.

Vitorino lembrou-se da cigana da Central do Brasil.

– Uma loura e outra morena brigarão pelo seu amor. E uma mulher vai te trair.

Mara, Cecília e Guia?, pensou Vitorino. Ou Mara e Guia? Ou Guia e Cecília?

Vitorino tremeu e não desejou decifrar o enigma. A solução criaria uma barreira fatal entre ele, as três mulheres e a sua verdade.

– Gostou? – Antes que ele respondesse, lhe deu outro beijo na boca. – Me molha com o seu suor, passa o seu cheiro pra mim, me envolve com seus braços poderosos.

– Quando? – quis saber Vitorino.

– Quando o quê? – perguntou Cecília.

– Quando você vem nua pra mim? Eu te espero desde o tempo da venda do seu Zé.

Cecília não entendeu a menção à venda do seu Zé, mas imaginou que se tratasse de algo muito importante que consumia as entranhas de Vitorino. E que seu Zé representasse parte essencial na vida dele, estendida agora à vida dela.

– Quando? – Vitorino tornou a perguntar.

– Quando a lua cheia apontar no céu. Aí, eu, Cecília-Diana, visitarei você, o meu amado. Espera a lua cheia, Vitorino, quando eu serei totalmente sua.

De mitologia Vitorino nada entendia, mas na sua terra tudo girava em torno dos momentos da lua. Olhou para o céu. Faltava muito para chegar a lua cheia, que mal fora substituída.

Cecília voltou para casa debaixo do sol forte sentindo no corpo o suor de Vitorino, o cheiro dele. Era perspicaz o suficiente para despistar a governanta e saber em quais recantos do jardim os arbustos cresciam alto para escondê-los. E o jardim era imenso.

Em casa meteu-se debaixo do chuveiro, tirou o cheiro de Vitorino do corpo, vestiu roupa informal, perfumou-se e ficou à espera do jantar.

Almoço não contava, Antunes comia fora, mas no jantar queria a presença da mulher e da filha.

Mara era esperta, mas a adolescência anda de viés e Cecília dava-lhe de dez a zero.

– Logo, logo vou trabalhar nas fábricas, não é, pai?

Antunes olhou para ela com amor incontido, cheio de orgulho.

– Claro, filha, você está para começar a faculdade, mas não demora e poderá me ajudar.

Cecília sorriu.

Mara comentou, também sorrindo:

– E poderia ser de outra maneira?

Antunes tocou a mão da mulher:

– Ela é a nossa continuação, meu amor.

– Mas no momento o importante é se fixar nos estudos e encontrar um rapaz do nosso nível social e rico, para namorar e casar.

– Para com isso, mãe, ainda estou muito moça pra pensar em casamento.

– Ela não deixa de ter razão, querida, o tempo se encarregará disso. – Antunes deu um beijo na mão da mulher.

Na cama Cecília reviu a conversa durante o jantar, a pressão da mãe. Se ela pensa que vai me passar pra trás, está muito enganada. Eu sei de coisas novas que ela não sabe.

Pensou no corpo forte e perfeito de Vitorino, no cheiro de terra que vinha de sua pele. Eu quero ele de qualquer jeito. Quando a lua cheia apontar no céu...

13

Vitorino contava com sofreguidão os segundos dos minutos, os minutos das horas, as horas do dia, os dias do mês, e as fases da lua, porque na noite em que a lua ficasse bem redonda teria Cecília nua na sua cama. Teria afinal a mulher loura da folhinha da venda do seu Zé, a mulher de verdade, inteira, e só para ele. Mas as palavras dela, *quando a lua cheia apontar no céu*, o atormentavam.

No pouco mais de um ano em que vivia no Rio de Janeiro percebera como o tempo era inconstante, tão diferente do tempo da sua terra. Lá era a secura e o calor violento durante o dia, mas à noite fazia frio, e o céu livre de nuvens era todo estrelado. Quando, uma vez por mês, a lua cheia surgia dominando o céu, o seu povoado não precisava da luz da rua, a lua iluminava os caminhos. Na sua terra a secura e o calor eram fiéis, assim como as estrelas e a lua cheia. No Rio, a loucura e o imprevisível das condições atmosféricas atordoavam Vitorino. Era impossível possuir a segurança que tinha no seu povoado. E se chover? Se nuvens escuras taparem a lua? E se, por causa disso, Cecília não vier? Vitorino sentiu-se tão prisioneiro da vida no Rio como se sentira no Nordeste. Os motivos eram distintos, mas o mal-estar e a agonia o maltratavam da mesma forma. Se tivesse deixado a sua terra para sofrer no Sul, de que teria valido? Mas, se Cecília vier, como será minha vida daí para a frente? Onde ficariam o amor de Guia e o desejo por Mara? Esse pensamento afligiu-o mais ainda, envolvendo-o num emaranhado de emoções.

Migrara para o Sul para ser feliz, rico, gordo e poderoso. Devolveria os caraminguás ao seu Zé, por correio, porque naquele fim de mundo não pretendia mais pôr os pés. E de que precisava no Sul para ter poder, ser riquíssimo? De ingredientes dos mais variados tipos, de tudo, Vitorino, de tudo e de muita sorte. Para ser um mero jardineiro morando num alojamento durante a semana e indo para casa, um quarto em uma cabeça de porco, nos fins de semana e feriados, um homem honesto, não precisava de nada. Apenas do amor de Guia.

Naquela folga de sábado, antes de voltar para os braços da namorada, Vitorino fez uma parada na Central do Brasil. Caminhou entre os camelôs, procurou a carrocinha de algodão-doce, porque por perto estariam as ciganas e, principalmente, aquela que lera a sua mão. Encontrou a carrocinha, pediu um algodão-doce azul, como da primeira vez, ficou à espera. Lembrava-se bem dela: uma mulher não muito jovem, magra, cabelos pretos, longos e brilhantes, e olhos negros reluzentes como os de Guia. Bonita. As ciganas são bonitas. Vestia saia florida e uma blusa, não se lembrava das cores. Durante um tempo enorme ficou perto da carrocinha à espera da cigana. Agora podia pagar, estava com mais de 200 reais no bolso. Se podia, por que ela não aparecia?

E se aparecesse e ele lhe contasse que surgiram duas louras e uma morena em sua vida? E que todas três queriam o seu amor? O que diria ela?

Afinal, o cansaço e a vontade de chegar em casa o venceram. Várias ciganas circulavam, mas não aquela que ele esperava. Tomou um ônibus, foi embora.

Passou a chave na fechadura, entrou no quarto sabendo que Guia não chegaria antes das oito da noite. Tinha planos para eles, iria levá-la para jantar em uma churrascaria chique na Tijuca. Não era barata, mas ele estava com dinheiro e ela merecia. Lá também se dançava, e a noite seria completa, mais completa ainda ao voltarem para casa e fazerem amor, o corpo suado dela do calor da dança e do desejo, aquele cheiro especial que só ela possuía. Olhou o relógio de pulso, cedo ainda, resolveu ouvir um pouco de rádio ou ver televisão antes de tomar banho e estar pronto e perfumado quando Guia pusesse os pés em casa. Então seria a hora dela tomar banho, e ele lhe pediria que não fechasse a cortina de plástico do boxe, queria ver o seu corpo inteiro nu, ela se limpando das poeiras do dia, passando xampu nos cabelos livres do rabo de cavalo. Depois o sabonete correndo e perfumando as cavidades que ele amava e desejava tanto. Guia gostava de ser observada e cobiçada, e demorava o banho nas partes do corpo que mais o excitavam. Só não fariam amor depois do banho, reservariam aquele desejo fervente para quando chegassem em casa após o jantar.

Vitorino olhou o relógio, quase oito, perto de ela chegar, desligou a televisão e entrou debaixo da água gelada do chuveiro. Saiu renovado do trabalho da semana, se arrumou, se perfumou para esperar Guia.

Sem o que fazer, a não ser ouvir rádio ou ver televisão, sentiu-se tão perdido como se sentia no mundo estreito e miserável da sua terra. E voltou a pensar na pergunta que o seguia há tempos: por que vim para o Sul? E quase se arrependeu por não haver ficado em sua terra natal. Talvez lá, por não se defrontar com tanta coisa, fosse feliz.

Mas lembrou-se do seu desejo pela mulher de verdade da folhinha, e do avô: Vai, meu neto. E do dinheirinho que seu Zé lhe dera para tentar a vida no Sul. Pensara, também, que a sua saída daquele buraco, onde uma única pessoa, dona Severina, o admirava, seria um enfrentamento, uma proposta de luta.

E Vitorino se disse: eu vim porque quis, eu vim pra vencer. E vou vencer.

14

Mulher é mais arguta do que homem para certas sensações. Ao chegar em casa, Guia encontrou Vitorino pronto e perfumado para ela, mas apenas um beijo leve na sua boca e sentiu alguma coisa diferente, embora ele mostrasse alegria em vê-la.

Porque Vitorino andava mergulhado na espera da lua cheia e no medo de que o céu se toldasse, nuvens negras aparecessem, levassem a lua e Cecília.

Ainda assim, desejava Guia. O tremor do corpo dela, o cheiro, a cor, a maciez da pele e os seus lugares mais secretos aguçavam o desejo dele.

Mulher inteligente, mesmo tendo mil, só tira um véu de cada vez. E era o que Guia construía com as nuances necessárias à renovação. Prendia Vitorino fazendo-o desejá-la. Seria seu para sempre. Afinal, pensou ela, por que doar a beleza, o tesão, o prazer que ele lhe dava na cama a outras mulheres? Não fora ela quem o descobriu assim que chegou ao Rio?

É aquela mulher, a patroa, refletiu Guia, que entra nos pensamentos e no coração de Vitorino. E quem era ela para competir com a patroa podre de rica? Com certeza linda, cheirosa, loura. Loura ela sabia, porque certo dia lhe perguntara:

– Essa dona Mara, sua patroa, é morena assim como eu?

Vitorino olhara para Guia, e na mesma hora se lembrou dos cabelos louros de Mara. No entanto deu de ombros, como se não estivesse interessado no assunto:

– Diferente, tem os cabelos lisos e amarelos.

Mas mulher se esgueira pelos desvãos dos pensamentos sem que o homem perceba, e Guia sentiu que aquele dar de ombros era falso e teve ciúmes, muito ciúme de Mara. Porém, o que havia de mais importante, amado e sagrado na vida de Vitorino era Cecília. E dela ele jamais deixara solto no ar um fiapo de pensamento sequer.

A espera da lua não foi fácil. Naqueles dias e noites que se arrastavam sentiu-se entre o controle da patroa e de Guia, e hora nenhuma viu sombra de Cecília, o que o deixou apreensivo e inseguro quanto ao encontro.

Enquanto isso, Cecília pensava em Vitorino e se preparava para o ritual de sua entrega a ele. Os seus dezessete anos o enxergavam e o desejavam sem preconceitos, e o ciúme que tinha da mãe servia para valorizá-lo ainda mais. Depois que a felicidade explodisse e ela se visse presa a ele por corpo e alma, o que aconteceria? Não queria pensar. O depois era depois.

Cecília marcou no calendário, com um círculo vermelho, o primeiro dia da lua cheia, quando ela estaria redonda no céu. Quando ela, Cecília, se encaminharia para o alojamento, entraria no quarto de Vitorino, apenas com um robe em cima da pele. Ele à sua espera, vestindo apenas um short, se encaminharia para ela e se transformariam em uma só pessoa, assim como Romeu e Julieta. Apesar da voz, que um dia a desiludira com relação ao amor, Cecília continuava a acreditar nele. Nem lhe passou pela cabeça que nuvens poderiam toldar a lua. Aquele dia estava escrito no calendário, ela seguiria a referência. Também não passou por sua cabeça que Vitorino deixasse de consultar o calendário.

Mas, exato naquela noite de lua plena, desabou um temporal sem fim. Cecília não se preocupou. Era esperar a chuva amainar e ir ao encontro dele.

Nem sempre as coisas funcionam de acordo com o nosso desejo. Tudo parece se mover certo, mas na surdina o destino se intromete.

Na tarde daquele dia, Mara pensava em Vitorino, e seus nervos de tão retesados só encontrariam paz se deitasse na relva da gruta – onde deixara certos confortos: travesseiros, uma esteira grande, uma colcha peluda para cobri-la e tornar o chão macio – e fizesse amor com o jardineiro.

Pela décima milionésima vez Vitorino consultara a folhinha para certificar-se de que o auge da lua cheia seria aquela noite. Seu coração crescia dentro do peito, ele ofegava só de pensar na realização do seu sonho quando a lua redonda apontasse no céu.

Mara ansiava por Vitorino. Seria arriscar demais, pensou, porque a tarde já estava no fim do caminho, depois viria a noite, quando o marido chegaria para o jantar. Atrevimentos em excesso nem mesmo os óculos escuros de Antunes conseguiriam encobrir.

Mas o destino interferiu. Antunes telefonou para ela pedindo que se arrumasse, passaria para apanhá-la por volta das oito da noite, para um jantar com gente importante e de interesse dele, esquecera de avisá-la.

– E chegaremos tarde.

Mara, ouvindo e pensando em Vitorino, respondeu com voz suave, demonstrando cansaço:

– Que pena, amor, mas hoje estou num daqueles dias péssimos, meu corpo só pede cama. Você me conhece bem, sabe como é.

Antunes lembrou-se das enxaquecas da mulher:

– Tudo bem, mas se cuida. Chegarei mais cedo, por volta das onze.

Mara não precisava de sinal mais verde. Mandou chamar Vitorino. Ele estranhou a patroa esperando-o na varanda do casarão. E antes que perguntasse qualquer coisa, ela falou:

– Eu sei que está escurecendo, quase na hora do seu jantar. Não se preocupe, que lhe pagarei hora extra. Mas preciso de você neste fim de tarde e começo de noite. Vá à cozinha, que a governanta lhe dará um prato farto de comida. Assim que jantar, irá cuidar da gruta. Quero um serviço bem feito. – Sorriu então com aqueles dentes muito brancos, perfeitos. – Leve um lampião e uma lanterna.

Vitorino tentou encontrar uma desculpa, e só com muita dificuldade conseguiu dizer que estava exausto, melhor seria deixar o trabalho para o dia seguinte. Agradecia, mas jantaria no restaurante dos empregados. E não tinha lanterna, quanto mais lampião.

– Isso não é problema. Leve os que estão no quarto de ferramentas. Mas quero que o trabalho seja feito hoje. Vá jantar logo, não demora, escurecerá.

A mansão era enorme, e Cecília, em seu quarto preparando-se para o surgimento da lua cheia, não poderia ouvir a conversa entre a mãe e Vitorino.

Puxou a poltroninha estampada para perto da janela, sentou-se nela e ficou aguardando a lua cheia aparecer, apenas um robe curto de cetim branco em cima do corpo.

Mal a lua surgiu, desabou um temporal que prometia durar horas, porém Cecília pouco se importou. Vitorino a esperava; era apenas correr alguns metros debaixo da chuva, chegar ao alojamento dos empregados, e ele a secaria e a esquentaria com o seu corpo.

15

Vitorino foi jantar na cozinha do palacete, a governanta fazendo-lhe o prato e deliciando-se com sua beleza.

– Que novidade é essa, jantar aqui em casa e tão cedo?

– A patroa mandou, vou trabalhar no jardim.

– Assim quase de noite?

– Ela paga, ela manda.

Mara entrou na cozinha, apressou Vitorino.

– Ele já tá terminando – disse a governanta.

Rápido, Vitorino deu as últimas garfadas, também queria estar livre o mais depressa possível para a chegada da lua. Limpou a boca com o dorso da mão, se levantou:

– Tô quase acabando.

– Te espero na varanda – piscou para ele sem que a governanta visse.

– Dona Mara é boa patroa, mas tem mania de querer tudo na hora que ela resolve, nem um minuto mais, nem um minuto menos. E às vezes as coisas não têm a menor urgência.

Ele não fez comentário, levantou-se e foi ao encontro de Mara.

– Vitorino, me espera na gruta, vou liberar a empregada, saber como está Cecília. Em meia hora no máximo estarei lá. Elas pensarão que estou em casa.

A noite vinha chegando, e ele se preocupava. Saberia dar um jeito de sair da gruta quando a lua cheia aparecesse no céu? Para isso tentou ser o mais calmo possível. Assim que a lua surgisse, Cecília iria ao seu encontro.

Mara chegou ansiosa, ofegante:

– Veja o que eu deixei na gruta para nosso conforto.

Vitorino olhou a esteira e a colcha que tornavam o chão aconchegante, macio, e desejou o corpo muito branco e quente dela.

Ainda dava tempo, pensou, para deitar com a patroa, por imposição dela. Era o que a sua cabeça tentava racionalmente explicar. Mas bem lá no fundo sabia estar arranjando desculpa, porque o amor com Mara era o céu de delícias, desde a forma do seu corpo às asas de imaginação que ela concebia para desdobrar o corpo dele em mil pedaços efervescentes. E quando a lua cheia viesse, Cecília chegaria ao seu quarto.

O amor com Cecília, não tinha a menor ideia de como seria. Ela iria?

Deitada no chão forrado, macio, Mara pedia mais, Vitorino cedia, não conseguia afastar-se dela.

– Eu te quero aqui para sempre – disse ela.

Vitorino estava confuso. O emaranhamento entre seu corpo e pensamentos era uma sensação nova para ele. Mesmo assim, olhou o relógio e as horas, e o escurecimento mais e mais da gruta denunciava a chegada da noite.

Daria tempo e teria Cecília nua e linda no seu quarto, nos seus braços?

Mas como? Mara não se dava conta da hora, da lua cheia. Para ela, em qualquer lua Vitorino seria seu.

Outra vez o destino.

A lua apontou no céu. Vitorino e Mara perceberam pela luz que chegava até eles.

– Nem sabia que hoje era lua cheia – disse Mara.

– Eu sabia.

Um rápido movimento no céu, talvez um desejo dos deuses, porque a chuva desabou violenta, derrubando árvores, comendo caminhos.

Os trovões, os raios, Mara se agarrou mais ainda ao corpo de Vitorino. O calor dos seios dela no seu peito...

Cecília não irá, não é fácil enfrentar uma tempestade como esta, pensou Vitorino. Pensou e não soube dizer se estava feliz ou não.

A chuva parecia não querer parar. Depois de algum tempo Mara olhou o relógio: dez horas. Antunes chegaria antes das onze. Precisava voltar para casa.

– Tenho que ir. Não demora e meu marido chega em casa.

– Assim com esse temporal? Por que não espera um pouco?

Ela olhou-o tristonha.

– Porque não tenho escolha. Antunes é meu marido. Qualquer coisa que eu fizer diferente do que ele puder supor e aceitar seria morte pra ele. Não amo Antunes, mas tenho muito carinho por ele, e temos uma filha. É como se fosse meu pai e não quero jamais decepcioná-lo. Estarei nesta gruta, que é o nosso refúgio, nosso segredo, quando puder. Agora é chegar em casa e esperar meu marido.

Levantou-se e saiu debaixo do temporal. Ninguém percebera sua saída, como não percebeu a sua volta. Quando Antunes retornasse, tudo estaria em perfeita paz. Tomou banho, secou os cabelos, vestiu camisola comportada e deitou-se à espera do marido. E Cecília? Na certa, no seu quarto pensando em amores impossíveis. Em Vitorino? Mas ele jamais seria dela. Entregar Vitorino à filha, o melhor amante que tivera na vida... Nunca. Cecília tinha apenas dezessete anos, muitos e bons pretendentes, e precisava se casar com alguém de seu nível social. Estava no começo da vida. Ela, aos 37 anos, se despedia da juventude.

16

Chovia, ventava, e o guarda-chuva não adiantou. Cecília chegou ao alojamento dos empregados com o robe molhado, colado à pele. Preferia assim; fizesse noite linda, enluarada, os empregados estariam circulando pelo terreno que envolvia o alojamento, o restaurante, e correria o risco de ser vista. Mas com aquele temporal ficariam nos seus quartos, dormiriam cedo. Com a casa grande não se preocupava, ninguém a solicitaria, o pai chegaria tarde e a mãe estava com uma de suas enxaquecas habituais que, lhe parecia, surgiam quando necessárias. A governanta há muito fora para seu quarto. Ouvira a mãe dispensando-a:

– Não se preocupe com o jantar, doutor Antunes chegará tarde, eu estarei no meu quarto esperando-o, e por nenhum motivo desejo ser incomodada. Se tiver vontade, eu mesma preparo um chá com torradas. Não preciso mais de você, pode se recolher.

– E dona Cecília?

– Se ela quiser jantar agora, tudo bem. Caso contrário, que se cuide sozinha. Come muito pouco e adora sanduíche de bacon, alface e maionese. Deixe dois enrolados em papel laminado, na geladeira. Se alguém me ligar, diga que estou com a maior dor de cabeça, não posso atender.

Cecília chegou ao alojamento dos empregados encharcada, tremendo de frio, protegendo os dois sanduíches, que tivera o cuidado de colocar em um saco plástico. Abriu a porta do quarto de Vitorino e chamou baixinho:

– Sou eu, Vitorino, cheguei.

Ninguém respondeu.

Seus olhos foram se acostumando ao escuro, encontrou a tomada, acendeu a luz e viu que o quarto estava vazio. Não entendeu. Foi ao banheiro – cada quarto possuía um, doutor Antunes fazia questão de dar conforto aos seus empregados –, pegou uma toalha, sentiu nela o cheiro de Vitorino. Tirou o robe, pendurou-o no boxe, secou seus cabelos, seu corpo e, enrolada na toalha, deitou-se na cama de Vitorino, à sua espera.

Olhou o relógio de pulso. Mesmo com a chuva, ela viera assim que a lua apareceu. E ele? Ficou preocupada, talvez preso em algum lugar naquele temporal.

Colocara os sanduíches na geladeira. Os apartamentos para solteiro eram bem menores, não tinham cozinha como os apartamentos dos casados, apenas geladeira pequena.

Muito raio, muito estrondo, muita chuva. Mas Cecília não tinha medo. Olhou o relógio de pulso: tarde. Estava com fome, mas esperou Vitorino para comerem juntos.

Ele prometeu, ele prometeu, falou desalentada.

A chuva continuava a cair e nada de Vitorino. Cecília puxou a colcha da cama. Acabou por adormecer.

Quando ele abriu a porta do seu quarto não pensava em encontrá-la. Acendeu a luz e a viu dormindo enrolada em sua toalha.

Naquele momento entendeu que caísse temporal ou não, a noite da lua cheia marcada na folhinha era a verdade do mundo, a decisão primordial. Ele falhara, ela não.

Molhado até a alma, Vitorino tirou uma toalha limpa da gaveta da cômoda, enxugou-se, vestiu roupa seca. Aproximou-se de Cecília, passou as mãos pelos seus cabelos, se emocionou. Há quantas horas estaria esperando por ele?

Beijou sua boca entreaberta, e muito de leve tocou no seu corpo para acordá-la de forma suave.

Ela abriu os olhos. Vitorino, sentado na cama ao seu lado, fitava-a com carinho. Parecia aflito, desconcertado. Olhou o relógio de pulso: tarde.

– O que aconteceu? Combinamos que eu viria assim que a lua cheia apontasse no céu. E vim, apesar do temporal. Você não, por quê?

– Porque... porque...

Cecília observando-o.

– Porque... porque...

– Porque estava com outra pessoa?

Ele ficou mudo. Preferiu não mentir, não adiantaria, não saberia.

Cecília sentia o cheiro de sua mãe. Levantou-se, foi ao banheiro, tirou a toalha do corpo, vestiu o robe, já seco. Apontou para a geladeira.

– Trouxe dois sanduíches pra gente comer juntos. Estão gostosos. Pode ficar com eles. Pelo menos você olhou o calendário, sabia que era noite de lua cheia?

– Olhei e sabia, mas... mas... – gaguejou.

Ela enfiou as sandálias, pegou o guarda-chuva, abriu a porta. Esperava a resposta.

Ele tentou explicar que não viera ao seu encontro por causa da confusão (que não existia na sua terra) entre o calendário e o aparecimento da lua no céu. A chuva não deixara a lua se mostrar, portanto teve certeza de que ela não viria. Tentou em vão.

Cecília continuou olhando-o, depois virou-lhe as costas, saiu.

Ele ficou vendo-a se afastar, com a certeza de que destruíra a magia do seu sonho e da sua vida. E pela primeira vez teve muita raiva das diferenças que existiam entre o seu sertão e o Sul, da falta de possibilidades da sua gente, da sua ingenuidade e ignorância. Embora Cecília só tivesse dezessete anos e ele vinte, ela estava mil sóis à sua frente. Sabia que não demoraria a entrar para a faculdade e começar a trabalhar com o pai. E ele? Tivera apenas as primeiras letras com dona Severina.

Vitorino abriu a geladeira e viu os sanduíches. Perdera a fome, seu coração sufocava de dor e decepção.

Quem sabe não será melhor aceitar a diferença entre o Norte e o Sul, não sonhar, me acomodar e ser um simples jardineiro, amando Mara na gruta e Guia nos fins de semana? Porque Cecília nunca mais, voltou a pensar.

Seria sempre ignorante e inferior, a menos que tomasse uma providência imediata. Até Guia começara a se armar para melhorar de vida, de status, e dentro em pouco estaria à procura de loja na Praça da Bandeira, para alugar, montar seu salão.

Lembrou-se de dona Severina falando das flores, e ele se propondo a ser jardineiro. Dona Severina era o único sonho que aquele pedacinho escaldante e árido do sertão permitia existir para que não afundasse de vez no desespero.

Respirou fundo, pensou, voltou a respirar fundo e decidiu: terminaria os estudos, faria vestibular para ciências contábeis. Sempre levara jeito para matemática. Dona Severina ficaria surpresa quando soubesse do seu destino no Sul. Guia o amaria mais ainda e o respeitaria, Mara estranharia o seu empregado formado em contabilidade, e talvez não o colocasse na sua vida apenas como alguém para cavar terra, plantar flores e fazer amor com ela na gruta. Ele queria crescer, ser rico, dono do seu nariz. E Cecília?

Amanhã converso com doutor Antunes sobre meus interesses. Por enquanto quero permissão para continuar a estudar. Depois falo sobre a faculdade. Passo por passo chegarei aonde eu quero.

17

Vitorino entrou no escritório de doutor Antunes, onde uma vez por semana o empresário ouvia os anseios dos empregados, tirou o boné, cumprimentou o patrão. Ele indicou-lhe a poltrona em frente da sua mesa. O jardineiro sentou-se.

– O que deseja, meu rapaz?

– Estudar.

– Estudar?

– Terminar meus estudos. Por enquanto só preciso que o senhor me dispense uma hora mais cedo pra ter tempo de tomar um banho, me trocar; não se pode chegar atrasado na escola.

Doutor Antunes achou graça na pretensão e entusiasmo de Vitorino. Pela primeira vez se deparava com um empregado que quisesse estudar, melhorar de vida. Os outros pediam aumento ou adiantamento de salário, empréstimo, sua interferência em desentendimentos com colegas, e ajuda em vários outros problemas. Mas Vitorino queria apenas estudar.

– Tem certeza de que é isso que deseja? E por quê?

– Porque quero ser alguém. Não deixei minha terra e vim para o Sul a troco de nada.

Não havia perigo. O pretenso entusiasmo de Cecília pelo jardineiro, Mara jurara que se um dia existira não existia mais, falara com a filha e fizera com que visse a realidade. Na verdade, dissera ela, Cecília já andava namorando rapaz rico, de família conceituada.

– Se é só isso, meu rapaz, tem todo o meu apoio. Será dispensado uma hora antes para que possa chegar à escola a tempo. Receberá um dinheirinho extra para a compra de material escolar e transporte. Mas quero acompanhar seu aproveitamento, mês a mês. Tem que ser bom, caso contrário...

– Será, doutor Antunes, pode ter certeza, o senhor não vai ficar decepcionado comigo. Eu sempre fui o primeiro da turma lá na escola da terra onde nasci, e todo fim de ano ganhava de prêmio uma caixa de lápis de cor da dona Severina, minha professora. Ela dizia que no Sul eu teria um futuro, porque aqui não havia miséria como lá, e eu podia fazer dinheiro se quisesse e fosse persistente.

Doutor Antunes olhou aquele jovem que não teria mais do que vinte anos e tanta ingenuidade, apesar de já morar no Rio fazia algum tempo. Ele falava devagar, com cuidado para não tropeçar nas palavras, cometer muitos erros. Doutor Antunes pensou na terra do empregado, um buraco no fim do mundo que nem do mapa constava. Ainda bem que a filha deixara aquela tolice de lado.

À noite, em casa, comentou com Mara o pedido de Vitorino.

– E você concedeu?

– Evidente. Quem quer estudar merece apoio.

– E o que será de minhas flores?

– Ora, amor, não haverá problema, ele só deixará o trabalho uma hora antes.

Ela se acalmou, mas perguntou:

– E se ele quiser entrar na faculdade?

– Não leve a carroça adiante dos bois. Ele ainda nem completou os estudos, e para gente pobre é difícil vencer a barreira e conseguir entrar na faculdade. Você sabe disso. Estudar fará com que ele se sinta agradecido, mais animado para o trabalho. E claro, amor, ele desistirá antes de chegar à faculdade.

Tomara, pensou ela, e suspirou de alívio. Nunca mais conseguiria ficar sem o corpo de Vitorino, sem a cama com ele.

– De qualquer forma, meu anjo, caso ele deixe o emprego, existem muitos e muitos profissionais excelentes aqui no Rio. Se isso acontecer, eu arranjarei o melhor de todos, mesmo que pague a peso de ouro, para cuidar do seu jardim.

– Nunca, Antunes, existirá alguém melhor que ele. Nosso jardim sempre foi bem tratado, mas agora, você há de concordar, está belíssimo.

Tivesse ou não razão, Antunes concordaria com ela. No entanto era obrigado a admitir que o imenso jardim se tornara primoroso desde os cuidados de Vitorino.

– Você está certa, meu anjo. Nosso jardim está uma obra-prima, e não existe outro na vizinhança que chegue aos pés dele.

– Então, promete que ele jamais irá embora.

– Evidente. Sei da paixão que você tem por flores! – Deu um beijo de leve no seu rosto.

Mara olhou de soslaio para o marido à procura de intenção oculta, mas os óculos escuros de Antunes não permitiram que ela visse seus olhos, nem o beijo que ele lhe deu denotou desconfiança.

Naquele sábado, antes de ir para casa, Vitorino passou pela Central do Brasil e comprou em um dos camelôs uma caixa de sabonete de lavanda importado para Guia. Queria contar-lhe sobre sua decisão de estudar, da conversa que tivera com o patrão, enfim, queria dividir sua alegria com ela. Pelo contentamento que sentia, levava para ela aquele presentinho. Mas nem era só por isso. Na verdade, gostava de presenteá-la, ver seus olhos brilhando.

Como sempre, esperou-a de banho tomado, perfumado. Onde comemorariam o acontecimento? Na certa no forró em São Cristóvão.

Enquanto ela não chegava, deixou-se levar pela imaginação. Em poucos anos entraria para a faculdade. Onde arranjaria o dinheiro para os estudos, para os livros? Teria que ralar muito para ser bem classificado no vestibular para uma faculdade do governo, grátis. Talvez fosse melhor fazer economia ou administração de empresas em vez de ciências contábeis. Lembrava-se da governanta comentando que Cecília faria administração de empresas ou economia para trabalhar com o pai, um dos homens mais poderosos do Sul. Quem sabe algum dia trabalharia em uma das empresas do doutor Antunes, como técnico, não mais como jardineiro?

Questão de poucos anos e estaria pronto. Afinal, dona Severina acreditava na sua inteligência e perspicácia, ela o admirava. Se fizesse ciências contábeis, bem mais simples, poderia ajudar Guia no salão, ser seu empregado, mas dependeria dela. Desejava voar mais alto, ser gordo, muito rico e importante, marcas da vitória, segundo seu Zé da Venda.

De que forma Mara veria sua decisão? Descobrira que apenas se interessava por ela mesma e pelo corpo dele, pelo amor que faziam na gruta.

Cecília? Tomaria conhecimento de seus estudos para ser alguém na vida? Formado, bem empregado, ele se sentiria gente para se apresentar aos seus pais como pretendente à sua mão. Mas levaria anos, ela teria terminado a faculdade e estaria casada. Pensar naquela noite de lua cheia doía demais, por isso tentava afastá-la do pensamento. Mas não poderia levar a vida se culpando. Se o destino quis assim é porque tinha que ser. Mais certo era pensar no futuro, em ser alguém. E seria gordo, rico, poderoso.

Sem saber bem por quê, lhe veio à lembrança o seu povoado, e ele se perguntando quando a chuva mágica caía: de que cor sou eu? Quem sou eu, afinal? Não nascera no Sul, entrara nele pela porta dos fundos, e agora tinha identidade que lhe permitia viver, ser gente. Poderia, também, ter procurado terras ricas do Norte, estudado por lá, mas o destino o conduzira para fora do seu mundo. Estava no Sul, ali ficaria, faria sua vida.

Vitorino sentiu o cheiro de Guia, ainda ao longe, depois o barulho da chave abrindo a porta.

Atirou-se nos braços dele.

– Vou estudar, fazer faculdade.

– O quê? – Guia perguntou, estranhando aquela forma inusitada de Vitorino recebê-la.

– Pra te ajudar na contabilidade.

– Que tal antes um beijo?

Vitorino segurou Guia pela cintura, beijou a sua boca do jeito que ela amava.

Ela fechou os olhos, ficou enlaçada nele algum tempo, depois se desprendeu e voltou a perguntar:

– Me ajudar pra quê?

Então Vitorino explicou tim-tim por tim-tim seus sonhos, suas intenções.

– Eu amo você desse seu jeito, com a profissão que tem. Pra me ajudar não precisa estudar e fazer faculdade. Em pouco tempo terei dinheiro suficiente pra nós dois. Porque eu vou vencer. E se você quiser me ajudar no salão será muito bem-vindo. Pode ficar como caixa, largar de ser jardineiro. – Enroscou-se em Vitorino e pediu: – Me beija fundo de novo.

Vitorino beijou-a, mas não sentiu o tesão do beijo. Guia pouco ou nada se importara com seus sonhos, e sentiu-se um artigo de compra e venda, logo com ela tão próxima a ele pelas raízes. Se assim era com Guia, pior seria com Mara, quando lhe contasse sobre sua decisão. Talvez melhor nem comentar. Com Cecília tivera a sua vez e hora, e jogara tudo para o alto, muito por ignorância, mas também por não conseguir se desligar do ardor de Mara. Se marcara com Cecília, deveria estar no seu alojamento ao nascer da lua. Se ela não aparecesse, compreenderia e com certeza marcariam o encontro para a próxima lua. Se arrependimento matasse...

– Você não tá me beijando de verdade, em que tá pensando?

– Em nada, por quê?

– Porque teu pensamento tá longe como as nuvens.

Vitorino quis confessar à Guia sua decepção por ela não se interessar por suas aspirações, mas de que adiantaria? Tinha duas mulheres aos seus pés desde que lhes prestasse as homenagens desejadas.

– Que tal a gente ir ao forró?

– Você me ama?

– Amo.

– Quanto?

Ele fez um círculo com os braços, ela riu, o beijou de novo.

– Vou tomar banho, deixar a cortina aberta, pode ficar me olhando – piscou para ele.

Mas Vitorino se afastou da cortina, da visão do corpo dela, pensou no desafio a que se propunha e voltou a refletir: se Guia, que ele imaginava ter na palma da mão, se manifestara tão alheia aos seus anseios, como seria com Mara? Ela só desejava amor na gruta para o fim da eternidade. Ele, Vitorino, não existia para ela como gente, apenas o seu corpo importava. Cecília? Quem sabe algum dia, quando fosse alguém – seria alguém –, ela o aceitasse.

Guia tinha ciúmes de Mara, que deixava entrever de tempos em tempos, jogando indiretas. Ele achava graça e, evidente, sentia-se lisonjeado. Mas a namorada jamais saberia sobre Cecília.

Guia saiu do boxe envolta em uma toalha e, ainda molhada, chegou-se a Vitorino, perguntou:

– Que vestido você quer que eu use? O amarelo, o azul ou o preto? O vermelho já usei sábado passado.

Para Vitorino, tanto se lhe dava o que Guia usaria, e respondeu:

– Em qualquer um você fica linda de montão.

– Mas preciso comprar uns vestidos, senão como vou competir com aquelas mal-amadas que dão em cima de você, como se não tivesse dona?

Vitorino sorriu e tornou a pensar que, tanto para a namorada quanto para Mara, ele era nada mais que uma mercadoria.

Guia foi ao quarto se preparar. Enquanto a esperava, Vitorino sentou-se na poltrona, ficou vendo televisão. Mas na verdade sua mente pairava longe de tudo que o cercava naquele momento, e estacionara nos pensamentos que o conduziam ao porquê da sua vinda para o Sul: ser rico e importante para ter a mulher da folhinha de verdade: Cecília.

Como não existe realidade única, quando Guia saiu do quarto, ficou na sua frente e disse que estava pronta, ele olhou aquela mulher linda vestida de azul, cabelão solto, e esqueceu a existência de qualquer outro mundo. Quem sabe não fosse melhor ser propriedade de Guia? Exigia menos trabalho e não se preocuparia com dinheiro.

Ela cutucou Vitorino:

– Eu aqui na sua frente e parece que nem me vê. Que que há? – disse irritada por não receber o elogio que achava merecer após tanto preparo.

Sem coragem de confessar que estivera sonhando, Vitorino inventou: É que você tá linda demais, de tirar a respiração.

Feliz, Guia levantou a cabeça, empertigou ainda mais o corpo se mostrando. Sorriu para ele.

– Então vamos indo, que já é tarde.

O INÍCIO DA VITÓRIA

1

Vitorino ficou feliz ao finalmente devolver os caraminguás, tudo explicado em uma carta, ao seu Zé da Venda. Era questão de honra, embora a quantia fosse irrisória. E teve a certeza: a retomada dos estudos e a restituição do dinheiro representavam o início de sua vitória.

Desde que chegara ao Sul escrevia aos pais duas vezes por ano. No começo não foi fácil, era inseguro na escrita, mas Guia o ajudava. Com os estudos, tornou-se independente.

Doutor Antunes cumpriu o prometido, porém não deixava de fiscalizar as notas do jardineiro todo mês. Ao cabo de quatro anos pagou-lhe a matrícula em cursinho preparatório para vestibular, deu-lhe dinheiro para as apostilas e deixou-o livre mais tempo para que pudesse estudar melhor. Encantava-lhe a transformação do empregado, sua força de querer, aquela distinção nas atitudes que agora vinha mostrando, enfim, um novo Vitorino, que começava a ver o mundo de olhos bem abertos, ansioso por abarcá-lo. No entanto, continuava seu trabalho com humildade.

Doutor Antunes maravilhava-se porque já nascera feito e rico, mas lá no fundo do seu eu gostaria de saber e sentir a sensação de quem vem do rés do chão para brigar pelo último andar. Como funcionaria aquela gana que impulsionava Vitorino?

Mara reclamou:

– Você me prometeu que os estudos de Vitorino não interfeririam no trabalho dele, mas ele já não trabalha tempo integral.

– Nem por isso suas flores, seu jardim estão maltratados. O tempo que ele passa aqui é o suficiente para cuidar de tudo, não é verdade? – disse Antunes, beijando o rosto da mulher.

– É verdade – ela respondeu, com cuidado para não se denunciar.

– Então, amor, pare de se preocupar.

Mara pensou naqueles anos desde que Vitorino metera na cabeça estudar e o marido concordara. Na verdade, não houve problema maior. Quantas vezes ela desejasse, lá estaria Vitorino na gruta. Aquela gruta, que ela tornara mais e mais confortável com seu jardineiro dentro, virara obsessão.

Após Vitorino ter feito vestibular para economia e obtido excelente classificação para faculdade do governo, o empresário disse à mulher:

– Seu jardineiro passou no vestibular. Ele é inteligente, decidido, e agora trabalhará apenas quatro horas por dia no jardim. Se você quiser que eu contrate outro para ajudá-lo...

Mara nem precisou pensar para responder que Vitorino bastava, mesmo com horas a menos. Qualquer um que viesse não seria capaz de competir com ele, nem de longe.

– Então vamos deixar as coisas como estão para ver como é que ficam – brincou Antunes.

Não houve tanta diferença, porque as aulas eram à noite e ele soube organizar o seu tempo para estudar durante o dia, cuidar do jardim e amar Mara na gruta.

Aos sábados, quem agora esperava de banho tomado, perfumada, era Guia. Vitorino chegava tarde da faculdade, ainda flutuando no encantamento das coisas novas que aprendia, beijava a boca da namorada, mas o seu mundo caminhava pelo espaço de um futuro que ele se determinara buscar, ter em suas mãos, segurá-lo com toda a força possível da vontade. E ela sentia a diferença entre o Vitorino de anos atrás e o de agora. Como o desejava e necessitava do corpo dele, calava. Um dia voltaria para ela, inteiro, total, sem aquela mania de ser alguém mais do que ela precisava que ele fosse. Estava construindo a sua vida, preparando seu salão de beleza, onde ele cabia como era. No fundo, Guia não desejava que o namorado se formasse e viesse a competir com ela; queria tê-lo nas mãos.

Os medos de Mara e de Guia manifestavam-se de forma desigual, mas a razão era a mesma: perder Vitorino. Mais e mais ele sentia a inquietação que as duas lhe passavam, e vez por outra se lembrava da cigana: uma mulher loura, outra morena brigarão por sua causa. A cigana só não sabia ou não dissera que cada uma brigaria à sua maneira e em surdina. Nunca mais a vira, embora a houvesse procurado várias vezes junto à carrocinha de algodão-doce.

E Cecília?

Tanto tempo havia passado e ainda sentia o movimento da mão dela no seu sexo e a subida da lava do vulcão. Depois, aquela noite da lua, ela à espera no seu quarto. A chuva que toldou a lua, o que não acontecia no seu povoado. Como o sertão era diferente do Sul!

Diferente em tudo, Vitorino! Quando pensava em seu mundo, o tremor percorria seu corpo misturado a um fio tênue de saudade e muita pena da miséria. Havia jurado jamais voltar, porém o jamais é difícil de aceitar e as raízes lá estavam, quisesse ele ou não. Mesmo assim, retornar para sempre estava definitivamente fora de suas cogitações. Quando terminasse a faculdade, ficasse rico, faria uma visita, ajudaria a sua terra, a sua gente. Estaria com os pais e o avô antes que morressem, até com sua professora, dona Severina. Queria também encontrar seu Zé da Venda. Que folhinha teria ele agora pendurada na parede – loura ou morena? E gostaria de contar a ele que no Sul a folhinha se tornara realidade. Não aquela mulher de cabelos amarelos. Aquela ele encontrou, mas o final foi infeliz. Na verdade, nem existiu o começo. Explicaria que a mulher era Cecília? Narraria toda a história? Na certa não, a cabeça de seu Zé não entenderia os acontecimentos vindos do Sul, mundo estranho para aquele sertanejo. Suspirou fundo, seu Zé compreenderia, sim: era ignorante, mas esperto. Ouviria Vitorino, depois sorriria para ele e diria: Não te falei que no Sul a mulher da folhinha era de carne e osso?

A lembrança do passado o conduziu à miséria, sujeira, falta de futuro do seu povoado, ao conselho do avô, à generosidade de seu Zé. Por momentos tornou-se o menino que frequentava a escola de dona Severina, o menino que morava em casa de sopapo, comia angu e feijão todo dia, jabá vez por outra, açúcar mascavo, a broa de milho feita pela mãe, o café muito ralo. O menino que acariciava a mulher da folhinha na venda de seu Zé e à noite, na enxerga, viajava com ela para mundos coloridos com os lápis de cor da caixa de papelão que ganhava da professora. Então sentia a dor do antigamente, e aquela dor o fazia mais e mais definido em relação à nova vida no novo mundo.

2

– Meu anjo, me faz um favor? – pediu Antunes à mulher, enquanto jantavam.

– Claro.

– Vitorino se forma em um mês. Hoje ele é outra pessoa, aprendeu a ter bom gosto, ser elegante, falar corretamente, se comportar em público, uma inacreditável metamorfose, você sabe. Olhando para ele, ninguém diria que nasceu num povoado miserável do sertão. Tornou-se um homem fino. Quero que você compre uma roupa para a grande noite da formatura. Pode gastar o quanto for preciso nas melhores lojas. Quero Vitorino bem vestidíssimo da cabeça aos pés

Antunes jamais criara alguma coisa. Tudo lhe viera de mão beijada. Bastou-lhe conservar e aumentar a herança. Talvez por isso considerasse Vitorino criação sua, e sentia-se orgulhoso.

Se existia uma coisa que Mara desejava e jamais conseguiu era sair da toca da gruta, andar pelo mundo na companhia de Vitorino, qualquer que fosse o tempo, ensolarado ou chuvoso. As mulheres olhariam para ela com inveja, desejando estar na sua pele, com aquele homão jovem, lindo, bronzeado e cheio de charme ao seu lado. Agora, o pedido de Antunes vinha a calhar.

– Tem certeza que ele precisa da minha ajuda?

– Se não for da sua, de quem será? Da mulher com quem mora na Saúde? Ela é jovem, muito bonita, e já vivem juntos faz anos.

– Como você sabe? – ela perguntou, sem conseguir disfarçar surpresa e irritação.

Antunes olhou para ela, percebeu seu mal-estar e ficou feliz. Era uma espécie de vingança o prazer que sentia ao vê-la se corroer de ciúme. Raramente provocava qualquer reação da mulher. Ao se casarem, fizera uma escolha. Sabia das suas necessidades de mulher jovem, que com o tempo ele não poderia satisfazer plenamente. O que nunca precisou exigir foi o respeito de Mara. Ela jamais agira de forma indiscreta, mesmo depois de Vitorino. Antunes custou a notar o encantamento dela pelo jardineiro. Quando poderia supor que Mara entregaria seu corpo a um serviçal? Só depois de muito tempo, aos poucos, descobriu o que se passava naquela gruta. Não tinha mais idade para um suspiro sequer de ciúme. Assim, jamais se aproximou de lá.

– Soube por acaso, quando o encontrei na saída da empresa do Fontes, onde ele está fazendo estágio. Fui eu que o indiquei para esse amigo, que ficou tão satisfeito com o desempenho de Vitorino que vai contratá-lo, se é que ainda não o fez.

– E então? – interpelou Mara, impaciente.

– Então Vitorino me apresentou à Guia. Ela é manicure, mas está em vias de abrir um salão de beleza.

Acho que Vitorino está esperando se formar para se casarem. Emprego terá na empresa do Fontes, que não quer perdê-lo de forma alguma.

Mara bebeu um gole grande de água para se acalmar e perguntou:

– É bonita mesmo?

– Seria lindíssima se tivesse o dinheiro que você tem, pudesse se cuidar como você se cuida, se vestir como você se veste. Além do mais, é elegante por natureza. – Quase acrescentou: e muito jovem. Mas se conteve, não queria magoar a mulher, que fazia de tudo para enganar o tempo. Mesmo com idade avançada, não era cego. Fosse moço, desejaria dormir com Guia, que, assim como Vitorino, não era negra nem mulata, mas acobreada como índio. E no dia em que a conheceu, compreendeu o encantamento da mulher e da filha pelo jardineiro.

Mara sentiu a boca amargar. Se lhe fosse dado escolher, não amaria Vitorino com aquela intensidade. Estava quase estarrecida, mas era experiente, dependia da fortuna do marido e tinha imenso carinho por ele. Nunca fora tola, conhecia bem Antunes, e podia jurar, o marido sabia de tudo fazia tempo.

3

Doutor Antunes e a mulher estavam na primeira fila do teatro para aplaudir a noite de glória de Vitorino. Mara, os cabelos soltos e de vestido preto decotado, era ainda desejável aos quarenta e sete anos.

Divisar Mara e doutor Antunes foi fácil para Vitorino. Mas seus olhos aflitos percorreram cada fileira de poltronas à procura de Cecília. Queria acreditar que ela viria à sua formatura. Mas por que ela viria? Nos dez anos decorridos desde o desencontro na noite da lua cheia, ele cruzara com ela várias vezes. Pelo menos tivera a coragem de encará-la e dizer *eu te amo*. Ela ouvira a declaração, ficara muda, seguira em frente. Olhou de novo, de novo, e não viu Cecília. Mas descobriu Guia nas primeiras filas. Mesmo de longe, dava para perceber seus cabelos soltos, como ela sabia que ele gostava, e ultimamente escovados, lisos, conforme a moda. Vitorino nunca entendeu mulher de cabelo curto. No seu povoado todas tinham cabelos longos, crespos ou lisos. Quando chegou ao Rio e viu os mais variados comprimentos e tipos de corte, estranhou. Apesar dos anos passados, gostava mesmo era de correr longamente suas mãos por cabelos crespos como os de

Guia, ou lisos como os de Mara. Teria escorrido pelos de Cecília se o destino houvesse permitido. Mas aquela história de destino nada tinha a ver com ele, simples brincadeira de quem não tem coragem de enfrentar a verdade da vida. Pequena, média ou grande, pensou, a verdade tem que ser encarada. Saíra do nada e ali estava orador da turma.

Ajeitou-se na cadeira, mais compenetrado do que sempre fora naqueles anos de faculdade, aguardando a hora do discurso.

Enquanto a cerimônia caminhava, continuou o sonho de ver Cecília escutando-o discursar. Seguisse a vida como seguisse, acontecesse o que acontecesse, ela seria, mesmo sem saber, eternamente sua.

Ouviu chamar seu nome, levantou-se, as folhas de papel na mão, começou o discurso.

Dr. Antunes ouvia emocionado. Pudera, não fosse por ele, o jardineiro jamais teria a chance de estar naquele palco! Seu pensamento deixou a tribuna de onde Vitorino falava e desviou-se para o dia em que o contratou, depois para quando desconfiou e finalmente descobriu a gruta. Há muito descia a encosta da vida, mas era realista o bastante para dimensionar o quanto ela lhe premiara. Sempre fora um vencedor, mesmo no fim da descida. Ao seu lado sentia a respiração da mulher deslumbrante que há 30 anos unira seu destino ao dele. Um respirar sem demonstrar emoção pelo homem na tribuna, iluminado pelas luzes do palco. Antunes segurou a mão de Mara, entrelaçou seus dedos nos dela. Acostumada àquela carícia, ela sentiu-se confortável, protegida. Depois de tantos anos de casados, talvez não soubesse mais viver sem o marido. Mara tinha suas tolices, voluptuosidades, mas devotava carinho a Antunes. Ele sabia. Poderia dar um basta, separar-se. Mas pela paixão suportara suas infidelidades. O que lucraria? Era homem de ganhos, não de perdas. Por amor, não por vaidade, sabia que não conseguiria viver sem ela.

Mara, quase cinquentona, mal parecia haver chegado aos trinta, embora os colunistas sociais, na falta de assunto, dessem, de tempos em tempos, alfinetadas a respeito de sua idade. Apenas nesses momentos Mara ficava triste, sentia saudades dos seus dezessete anos, quando a pele tinha lisura natural, sem necessidade de cosméticos, só um pouco de batom, e os cabelos não precisavam de cuidados especiais. Então, vinha-lhe a nostalgia do dia do casamento, quando deslumbrantemente menina percorreu a nave da igreja pelo braço do pai.

– Minha filha, é uma loucura se casar com Antunes, mais velho do que eu.

– Sossegue, pai. Eu amo o Antunes, vou ser feliz.

E foi durante alguns anos. Mas um dia seus olhos, seu corpo, todos os seus sentidos desejaram o garotão pouco mais velho que ela. Antunes não descobriu nem aquela nem as infidelidades seguintes.

O tempo, muitas vezes enigmático, torna o ser humano estranhamente contraditório. Porque ali na plateia, embora sabendo da paixão de Mara pelo jardineiro, Antunes se emocionava com um Vitorino que ajudara a moldar, o filho homem que o destino não lhe deu.

Vitorino sentiu o peito inflar de satisfação ao agradecer a inestimável ajuda do doutor Antunes e esposa durante os difíceis anos de estudo. Aprendera a conhecer o patrão e a gostar dele. Sabia quanto ele se comoveria. Quase sempre, quando amava Mara, sentia-se filho ingrato, ladrão. Mesmo assim, continuava na gruta com ela. Como ficar sem aquele corpo muito branco, quase diáfano, seu cheiro levemente adocicado, sua pele que ele apalpava como as pétalas das rosas que plantava para ela? E através dela sentia-se elevado ao mais alto patamar da sociedade sulista. Tudo o que um nordestino paupérrimo vindo de um mundo seco e infeliz desejaria. E Mara ali estava na primeira fila, preparada para ele. Ao escrever o discurso pensara em mencionar Guia, mas afinal o que tinha ela a ver com aquela noite? Como classificá-la – esposa, amante, amiga? Sabia que estava sendo ingrato, mesmo assim, resolvera não citá-la. No mais, fez um discurso equilibrado no tempo para não cansar a plateia, e honesto. Falou da pobreza da terra onde nascera, de sua origem humilde, da briga pela vida.

Naqueles anos no Sul aprendera procedimentos úteis à vivência farta. Agora, canudo na mão, com o apoio de doutor Antunes, seria mais fácil usar seus conhecimentos. Queria riqueza e prestígio como tinha o patrão. Conseguiria? Mas, como a vida muitas vezes recompensa quem jamais sonharia com um prêmio, milagres acontecem, nada era impossível. Afinal, todos aqueles anos no Rio e a briga pela vitória ensinaram-lhe o essencial.

Vitorino vibrava deslumbrado ouvindo as palmas repetidas. Era sua noite de glória. Nunca, jamais, em tempo algum poderia de longe supor que ele, aquele menininho enrodilhado no catre, no canto de um casebre, se tornaria o orador da turma de formandos em economia, e no Rio de Janeiro. Agradeceu os aplausos, respirou fundo, deixou a tribuna, voltou ao seu lugar junto aos colegas.

4

Era a primeira vez que Mara e Guia se defrontavam, mas nenhuma faísca riscou o ar. Primeiro, porque Mara jamais desceria de sua posição social para reivindicar a posse de um homem, nem tampouco deixaria transparecer qualquer pontinha de ciúme. Segundo, porque Guia, não tendo prova cabal da traição de Vitorino, não se atreveria a uma cena deselegante, logo no momento em que, de braço com ele, sentia-se elevada à categoria de senhora da sociedade.

Era uma noite quente de início de verão e as duas usavam vestidos com decotes ousados. Houve, então, apresentações formais.

– Hoje é a sua noite de glória – disse doutor Antunes, segurando o braço de Vitorino. – Se você e sua linda esposa não tiverem programa melhor, gostaria que comemorássemos esta data histórica com um belo jantar regado ao melhor vinho, num restaurante maravilhoso e muito especial.

Vitorino virou-se para Guia pedindo aprovação, como era elegante se fazer. Os olhos dela correram rápido pelos olhos de Mara, num breve enfrentamento dissimulado. Ela sempre tivera muita curiosidade em relação aos restaurantes chiques da zona sul. Por um momento sentiu-se ridícula em sua roupa barata, muito justa e decotada, e de viés examinou o lindo vestido e as joias de Mara. Mas ela, Guia, estava vencendo e logo, logo o dinheiro esconderia sua origem humilde. Além disso, Mara, apesar de bem tratada e bonita, era uma senhora, e ela ainda não chegara aos trinta. Encorajada, balançou a cabeça dizendo sim.

– Evidente, doutor Antunes. Será um prazer e uma honra para nós – respondeu Vitorino.

Enquanto o carro corria em direção ao restaurante, Vitorino (doutor Antunes fez questão que fosse atrás, entre Mara e Guia) imaginava o calor dos seios de Mara. Há anos se amavam na gruta e já começara a se cansar dela. Naquele último ano negaceara os encontros alegando acúmulo de trabalhos na faculdade e falta de tempo. As justificativas não deixavam de ser verdadeiras, mas na realidade o corpo dela já não o atraía tanto. Mesmo assim, continuava indo à gruta. O sexo não era de se desprezar, e ela representava o triunfo, a riqueza, a posição social, o poder. Ainda era muito bonita, mulher que qualquer homem teria orgulho em levar pelo braço, apresentá-la como esposa. Além do mais, estava subindo os degraus para a glória e não podia prescindir de sua ajuda.

Pensou em Guia, de seu outro lado, sensual no vestido justo e decotado, mas no fundo uma roceira. Formado, com excelente emprego – pretendia tornar-se tão rico e importante quanto o patrão –, certamente ela não era a mulher que lhe conviria como esposa. Após tantos anos de vida em comum, os seus arroubos e ciúmes o cansavam. Sentiu-se mesquinho, mal-agradecido, e no fundo não sabia se tinha pena de dispensá-la ou medo de enfrentar o novo começo de vida sozinho. Guia era uma fortaleza e inteligente. Alugara um apartamento de quarto e sala, mil pontos melhor que a cabeça de porco. Ele continuara a trabalhar como jardineiro até a formatura, condição imposta por doutor Antunes.

Prisioneiro de duas mulheres, Vitorino sentia-se desconfortável. O que na verdade desejava era o amor da mulher muito branca de cabelos amarelos, a mulher de verdade da folhinha da venda de seu Zé. O corpo branco, nu em pelo, de Cecília.

No restaurante, três olhares procuravam não se encontrar.

Dr. Antunes, à cabeceira da mesa, sentia-se um tanto culpado pelo convite que fizera, o que não o impedia de achar graça naquele jogo de disputa e negação de verdades. Na realidade, estava orgulhoso com a conquista de Vitorino.

Antunes suspirou e pensou: o que acontecerá hoje?

5

Cecília não usava unhas tão longas como as de sua mãe. Longe também estava de possuir a vaidade dela. Ao contrário, fazia o tipo esportivo, mas sabia ser sofisticada quando a ocasião pedia. Naquela noite trajava um vestido toalete preto justo, decote fundo nas costas. Breno amava quando ela se vestia assim e, como sempre, ficou encantado com o contraste entre a brancura da pele dela e o negro do vestido. Adorava aquela mulher que só conquistara após anos de persistência. A fortuna de doutor Antunes não o impressionava. Por suas mãos corria tanto dinheiro quanto o do futuro sogro. Breno amava a candura, a beleza e a competência profissional de Cecília. Sabia ainda que ela jamais seria uma típica dona de casa e, embora fosse um homem moderno, de certa forma aquilo o atemorizava. Desistiria do casamento não fosse apaixonado quase ao desespero por ela. Havia também em Cecília algo estranho que jamais conseguira precisar.

– Está nervosa, meu anjo?

Ela olhou para Breno, sorriu.

– Claro que não. Apenas indecisa. Não sei se peço lagosta grelhada ao molho de uísque ou pato assado ao molho de laranja, acompanhado de purê de pupunha. – Cecília amava o sabor selvagem e o tom amarelo-ovo do fruto da pupunheira. Beijou a ponta do indicador e soprou o beijo em direção ao noivo.

Ele riu. Estava acostumado às suas indecisões e inovações. Sugeriu então:

– Peça o pato.

– Prefiro a lagosta – e olhou o relógio de pulso sem que ele percebesse. Escolhera aquele restaurante pela certeza de que seria ali que o pai levaria Vitorino. Administrara os horários com precisão. Breno não saberia nunca. Nem o pai. Nem mesmo Vitorino. A sua artimanha só dividiria com aquele jardineiro de 10 anos atrás, quando ela domou o seu sexo.

Eu te amo, eu te amo, Vitorino, como nunca amei ou amarei ninguém. Eu te quis desde o dia em que os seus olhos pararam em mim, você, um roceiro malvestido. Eu só tinha dezessete anos e você, vinte, e a força do seu mundo indomado, triste e sem esperança. Só descobri quanto te amava naquele dia de lua cheia de temporal, quando havia me preparado para o seu corpo em cima do meu, para conhecer o seu gosto, o seu sexo dentro de mim.

Saiu do sonho, olhou para o noivo, esperando que ele chamasse o garçom para pedir a entrada, os pratos e o vinho, especialidade de Breno.

Observando-o, Cecília teve um misto de carinho, dó, respeito e outros sentimentos presentes na sua relação com ele, menos amor e desejo. Ela daria tudo para conseguir amar Breno, para o seu corpo precisar do corpo dele. Talvez assim conseguisse esquecer Vitorino. Tivera poucos homens além do noivo, e sempre desejou encontrar paz, esquecer Vitorino, ser feliz no casamento. Breno tinha tudo a ver com ela. Os olhos bem azuis dele combinavam com o azul de seus olhos, assim como a pele branca de Breno combinava com a brancura de sua pele, a fortuna de Breno se equiparava à de seu pai, a educação de Breno era tal como a sua, o berço de Breno igualava-se ao seu berço. Breno inteiro combinava com ela. Em tudo.

Mas...

e o cheiro daquela terra distante, perdida nos confins do sertão, que era o cheiro e a cor de Vitorino, e os seus dedos percorrendo o corpo dele, e a sua boca sugando o gosto da boca de Vitorino, e a lava do vulcão se derramando em sua mão?

E ele ali estaria após a cerimônia de formatura, com sua mãe, seu pai e com Guia, a mulher que levara tempo para saber que existia, que dormia, que possuía o corpo dele. O corpo que sua mãe também possuía.

Ele estaria ali com o mais importante de tudo: o tempo e o sonho.

A capacidade de Cecília para sentir o tempo e estancar o sonho vinha do orgulho que se apossara dela naquela chuva da lua cheia. Mantivera o orgulho quando Vitorino, anos depois, mais de uma vez, lhe disse *eu te amo*.

E o dia a dia dele na gruta com sua mãe? Ela registrara tudo, cada ano, cada mês, cada semana. Curiosidade persegue, e certa vez em que o perigo andava longe, visitou a gruta. Apalpara o tapete sobre a cobertura da erva, sentira os cheiros da mãe e de Vitorino. Ficara ali algum tempo imaginando como seria o amor com ele. E sentira raiva, muita raiva, por ele lhe haver negado aquela descoberta, e inveja da mãe por possuir o corpo dele.

– Amor, amor – chamou Breno, mais de uma vez.

Cecília saiu do alheamento, olhou para ele, depois para a entrada que o noivo escolhera: endívias e carpaccio de salmão marinado. O garçom serviu-lhes. Ela balançou a cabeça aprovando a escolha, mas não tocou no prato. Seu olhar traspassava o que havia à sua frente e detinha-se na porta de entrada do restaurante.

– Amor, o que há com você? Nem tocou na entrada.

– Desculpe, trabalhei demais, estou exausta – disse, acariciando a mão de Breno. Pegou o talher, experimentou as endívias, o salmão, o vinho escolhido pelo noivo. – Está tudo delicioso! – Mas seu olhar continuava preso à porta de entrada do restaurante à espera de Vitorino.

6

A primeira visão que Vitorino teve do restaurante foi a mesma que tivera anos atrás quando procurou emprego na casa de doutor Antunes: a brancura de Cecília e os seus cabelos amarelos que desciam pelos ombros – a mulher da folhinha da venda de seu Zé. Naquele dia, quando a viu pela primeira vez, só ele havia admirado a mulher de verdade da folhinha. Mas ali no restaurante, outros olhos acompanharam os seus.

Mara surpreendeu-se por encontrar Cecília, exato naquele restaurante, naquela noite. Para Antunes, ver a filha e o noivo foi motivo de alegria. Desejou chamá-los para a sua mesa, mas com o destino não se brinca, pensou.

Guia jamais imaginaria a paixão de Vitorino pela mulher muito loura, jovem e bonita que estava ali, e que todos cumprimentaram. O mais ela não poderia ver. Porque isso ele trancara dentro do peito com correntes vigorosas e invisíveis, contra quem quer que fosse.

Por segundos Vitorino e Cecília se olharam, e aconteceu o que acontece quando o desejo é tão intenso e infinito que a vida é traçada além da imaginação, além da morte. Não existia restaurante, não existia ninguém.

Apenas dois olhos que se perderam no tempo e eram como o tato no corpo de um, o tato no corpo do outro. E que se diziam:

– Eu te quero, Vitorino. – Suas mãos deslizaram pelo corpo dele.

– Vem pra mim, Cecília, te espero há tanto tempo! – As mãos dele percorreram os cabelos dela, desceram, acompanharam as curvas debaixo do vestido, sentiram a quentura do sexo, subiram de novo, seguraram o rosto de Cecília, e a sua boca encontrou os lábios dela.

Paixão e desespero da carne correm o risco de entornar, se fazer visíveis. Em segundos, Mara penetrou no segredo, e após os cumprimentos, ficou parada em frente à mesa de Cecília e Breno. Precisava alertá-lo, dizer-lhe: Olhe, Breno, para a magia que está acontecendo entre Cecília e Vitorino. Cuidado, ou perde a noiva. O amor dela por ele é antigo, mas nunca foi correspondido. Mara nunca admitira a verdade. O desejo durou só alguns segundos, porque jamais desceria do pedestal para ato tão mesquinho. Não incriminaria a filha, apesar de não a amar, apenas suportar. E mesmo que alertasse o futuro genro, de nada adiantaria.

Mara sempre levou a vida entre futilidades, amando a própria beleza, sendo adorada. Sua grande loucura era Vitorino, não conseguiria mais viver sem ele. E acreditava que a recíproca era verdadeira, não fosse ela quem fosse, não representasse o que representava. Poderia Vitorino deixar de adorá-la? E ai de quem ousasse tentar afastá-los. E nesse "quem" incluía a filha e Antunes. Sem Vitorino eu morro, pensou e, sem perceber, fez um trejeito com a boca que lhe nublou a beleza, envelheceu-a. Apertou as unhas longas nas palmas das mãos, sem ele nunca, nem sei do que seria capaz!

Sentiu o marido segurar seu braço.

– Vamos, meu amor?

Dócil, deixou-se levar até a mesa que Antunes reservara para aquela noite.

– Você conhece aqueles dois? – perguntou Breno para Cecília.

– Só ele. Ela deve ser a mulher dele. Ele foi jardineiro lá em casa. Hoje é, nada mais, nada menos, que o orador dos formandos em economia. Imagino que tenha feito um discurso brilhante – disse com orgulho despropositado, seus olhos reluziam. Pensou que se distraíra, se revelara, mas o noivo não percebeu. Gostava de falar de Vitorino. Ao pronunciar o seu nome sentia-se tocando o seu corpo. – Papai gosta muito do Vitorino e ele deve ao papai o haver se formado.

– Você nunca me falou dessa figura.

Cecília sentiu um tom de despeito na voz de Breno, e se deu conta de que falara demais. Remendou:

– Pra que e por quê? – Inclinou-se, fez um afago no rosto do noivo.

– Seu pai não nos convidou para a sua mesa, na certa pensando em nos deixar a sós. Que tal a gente se juntar a eles?

Cecília achou graça da situação que não previra, pensou no mal-estar da mãe e nas inacreditáveis forças que a impeliam para Vitorino. Fora ao restaurante apenas para vê-lo, e a proximidade sugerida pelo noivo a encheu de medo. Também de desejo e vontade de sentir o seu corpo colado ao de Vitorino. Ainda sentia os olhos dele sobre ela. Queimava só de pensar em ser tocada, acariciada por ele. Sabia que precisava se livrar daquele sentimento e amar Breno, o homem certo para ela, que a amava acima de tudo.

Inclinou-se de novo, trouxe o rosto do noivo para perto dela, beijou de leve a sua boca:

– Gosto da sua ideia, mesmo assim preferia que a gente ficasse como papai imaginou – sozinhos nós dois.

– Só para satisfazer seu pai – Breno insistiu.

Ela tentara, mas não podia fugir, o próprio noivo a levava ao encontro de Vitorino.

– Então vamos dar uma força para os velhos – e pensou no contraste entre a velhice do pai e a eterna beleza e juventude de sua mãe.

Breno chamou o garçom, apontou o indicador.

– Vamos continuar o jantar naquela mesa.

– Na mesa do doutor Antunes. Tudo bem, doutor.

Cecília riu, zombou:

– Ora, ora, então, só o papai é conhecido aqui!

– Você detesta lugares badalados! – disse ele, simulando despeito.

– Pelo menos vejo que você não sai por aí sem mim, conquistando outras garotas – falou, deslizando seus dedos finos e macios pelo braço do noivo, como gostaria de fazer com Vitorino.

Breno segurou o pulso dela, cheirou o perfume de sua mão.

– Eu te amo assim, lindíssima e sofisticada, vestida de preto, cheia de humor e sensualidade. Também te amo em roupas sérias, discretas, como costuma se vestir no dia a dia para o trabalho. De verdade, amo você de qualquer jeito.

Cecília apenas sorriu, porque toda aquela carícia e desejo que a declaração de Breno provocara foram endereçados a Vitorino. O noivo não tinha culpa. Ela também não. É impossível domar o desejo, ela sabia.

Mara sentou-se na cadeira de onde poderia observar a filha e o noivo, e direcionou Vitorino e Guia:

– Sentem aqui na minha frente pra gente poder conversar melhor – sorriu doce.

Vitorino percebeu o lance de Mara, colocando-o longe de Cecília. Mas Guia achou-a simpática por se preocupar com os lugares. Se já nutrira alguma desconfiança em relação a ela e Vitorino, deixava de existir naquele momento. Olhou-a com ternura. Mara pensou na ingenuidade daquela mulher de nível inferior, de um meio pobre. Mesmo assim, em qualquer lugar onde houvesse ou imaginasse haver o menor perigo de perder Vitorino, tremeria dos pés à cabeça. Não queria o seu amor de frente para Cecília, embora a filha, após suas admoestações, tivesse deixado o jardineiro de lado.

Quando ela e Antunes lhe sugeriram passar algum tempo na Europa, antes de fazer vestibular para administração e começar a trabalhar na empresa, Cecília aceitou de boa vontade a ideia. Então teve certeza absoluta de que a filha esquecera Vitorino de vez, após alguns anos na Inglaterra e na Alemanha, e sentira-se segura. Até aquele momento, jamais lhe passara pela cabeça que Cecília ainda se interessasse pelo seu jardineiro, muito menos estando noiva de Breno, um achado perfeito. Quanto à Guia, não se preocupava. Se naquele tempo todo ela não fora obstáculo, não seria agora que perderia o seu homem.

Antunes também percebeu a armação da mulher, porém, como ela lhe convinha, reforçou:

– Isso mesmo, sentem-se onde Mara sugeriu, para que possamos conversar mais à vontade. Afinal, é a primeira vez, e espero que não seja a última, que vimos juntos a um dos melhores e mais concorridos restaurantes do Rio. Por mais importante que a pessoa seja, é necessário fazer reserva com bastante antecedência. Compensa, a comida é divina e não fica a dever a nenhum excelente restaurante de Paris ou Nova York. Espero que gostem da minha escolha. Eu e Mara somos frequentadores habituais daqui. É o nosso caminho da roça. Voltou-se para ela: Não é mesmo, amor?

A sopa caíra no mel.

– É verdade.

– Evidente que gostaremos, aliás, já gostamos. Está tudo perfeito, doutor Antunes. Guia e eu só temos que agradecer por esta bela noite, que teve início na festa de formatura e continua aqui. Jamais poderei pagar o que o senhor fez e continua a fazer por mim. – E, da mesma forma como Antunes perguntara à mulher, ele dirigiu-se à Guia: – Não é mesmo, querida?

– Claro, querido! – respondeu ela, os olhos cintilantes.

Pela primeira vez na vida estivera em lugar tão caro, que só conhecia pelas colunas sociais. E entre os melhores do mundo, segundo o patrão de Vitorino. Era leitora assídua de várias colunas sociais, e pusera na cabeça que um dia seria citada em uma delas, em muitas, em todas. Perseguia o sucesso, desejava ser aplaudida e brigava pelo sonho.

Guia sentiu a mão de Vitorino sobre a sua, mas o toque já não era igual ao de antigamente. Desde que ele iniciara os estudos, a mudança foi acontecendo devagar. Não que ele não a amasse na cama. Mas sentia que o ritmo do sexo não era o mesmo. Havia também alguma coisa, que não conseguia precisar, quando ele beijava a sua boca, o seu corpo, e dizia que a amava. Chegara a pensar na patroa loura dele, mas não queria se aborrecer. Amava Vitorino, desejava demais o corpo dele para criar problemas, como fizera certa vez. Agora, olhando dona Mara, se dava conta de como estivera errada. A patroa jamais fora sua rival, era a simpatia em pessoa e parecia feliz com o marido. Só agora, após tantos anos, descobria que sua verdadeira rival fora o sonho de Vitorino, de estudar, se instruir. Riu interiormente pensando como fora tola por não enxergar a verdade tão óbvia. Mas que ele estava diferente, isso estava. Descobriria como tê-lo de volta, apaixonado. Ora, se ela estava ali como sua mulher, sem dúvida ele pensava em casamento! E por que não convidar doutor Antunes e a mulher para padrinhos? Da forma como estavam sendo tratados, o patrão e a esposa adorariam e aceitariam o convite. E na certa ganhariam de presente de casamento, no mínimo, uma geladeira importada dos Estados Unidos. Fosse o que fosse, seria um presente caro. Ela fizera de tudo para que Vitorino desistisse de ser doutor, fosse só dela, controlado por ela, mas não houve jeito. Ali estava ele, formado em economia, segurando sua mão com tal frieza que chegou a assustá-la. Mas já que as coisas tinham acontecido independentemente de sua vontade, o melhor seria engolir a situação e aceitá-lo da maneira como era agora, cheio de palavras difíceis, de ideias na cabeça. Mas ela também seria grande, muito grande, dona de uma rede de salões de beleza, ele se orgulharia dela.

De repente sentiu que se envolvera na malha traiçoeira dos sonhos. Olhou para os lados, receosa de que houvessem percebido seus devaneios. Mas Vitorino, seu chefe e a esposa continuavam a conversar animados.

Breno e Cecília, de mãos dadas, se aproximaram da mesa de doutor Antunes.

– Podemos? – perguntou ele dirigindo-se ao futuro sogro.

– Evidente que sim. – Doutor Antunes levantou-se, deu um tapinha no ombro de Breno, beijou a filha. – Evidente que sim – repetiu. – Não é, Mara?

Ela fora pega de surpresa, coisa que poucas vezes na vida lhe acontecia. Era disciplinada em tudo que revertesse para o seu bem. Com aquela não contava. E ali estava a filha para estragar sua noite. De Breno, o salvador de sua felicidade, gostava. Casados, com filhos, jamais Cecília pensaria em Vitorino. Era preciso que aquele casamento acontecesse rapidinho. Por enquanto teria que suportar o que fosse preciso até as coisas se acertarem, se colocarem em seus nichos.

Só Cecília sentiu o olhar enviesado da mãe, a descarga elétrica que vinha dele. O pai só veria o que lhe fosse favorável. Sempre fora assim, Cecília aprendera após descobrir a paixão, o esconderijo da mãe. A descoberta a machucara, mas não destruíra sua admiração e respeito pelo pai, testemunha direta que era de sua força na direção das empresas Antunes, um imenso mundo. Amava o pai, quando menina ele afagava seus cabelos na hora de dormir, cantando cantigas de ninar. A mãe apenas lhe escolhia os vestidos mais caros, joias, preservava seus cabelos longos com xampus e condicionadores, e amava tirar fotos com ela para revistas e colunas sociais. Ao descobrir seu interesse por Vitorino, os cuidados da mãe se transformaram em procura de um noivo com quem casasse o mais breve possível.

Mara arranjou os dois lugares à mesa, de maneira a impedir que Vitorino e a filha se defrontassem. Era preciso evitar a qualquer custo que aqueles quatro olhos se comunicassem, como sentiu ao entrar no restaurante. Entre Cecília e Vitorino ficaram Breno e Guia. E para que a filha falasse com Vitorino, seria preciso transpor duas barreiras. Barreiras inúteis, porque até o ar transpirava o desejo deles.

E o sonho de Mara, de jantar com seu jardineiro mesmo com a presença de Guia, desabou. Apesar de desapontada, conseguiu esconder a irritação, porém mal tocou na comida, tampouco saboreou o champanhe que o marido escolhera para saudar o novo economista.

E de quem a culpa? Da filha. Olhou-a de esguelha e pensou: nunca, nunca, nunca, Cecília, o Vitorino será seu. Fui eu quem o descobriu, tudo que ele é agora deve a mim. Você jamais conseguiria satisfazê-lo na cama como eu. Cada pedacinho do seu corpo está gravado na minha boca, na minha língua, nos meus dedos, no meu sexo. Nem pense em procurar Vitorino ou eu te destruo. Lembrou-se da primeira vez que fez amor com o jardineiro. A mão inexperiente dele entrando quase medrosa nos cabelos dela, apalpando o formato dos seus seios, do seu corpo, beijando a sua boca. Eu te destruo, Cecília. Mara tremeu.

– Está passando mal, meu amor? Suas mãos estão geladas.

Ela olhou o marido com os olhos úmidos, se inclinou para ele e sussurrou:

– Não é nada demais, um pouco de tonteira sem sentido. Não demora passa.

– Mas se você quiser ir para casa...

– Nem pense nisso, Antunes. Nem pense nisso.

7

Ao voltarem do restaurante, Cecília amou o noivo com uma fúria que ele desconhecia. Seus dedos e suas mãos percorreram o caminho, como o de anos atrás, ao explorarem o corpo do jardineiro. E pela primeira vez conheceu um gozo perfeito que tomou conta dela, envolveu-a em vertigens. E no topo do mundo foi dominada por torvelinho que a fez saber que nada, absolutamente nada, seria mais importante que o seu amor por Vitorino.

Surpresa para Breno. Até então a hora de amor com a noiva era serena como a de casais antigos, por mais que ele fizesse para excitá-la. E após a pergunta comum se havia gostado, tinha sempre como resposta um sorriso, um balançar de cabeça afirmativo, a mão tapando o bocejo, o virar para um lado da cama, e o sono até a manhã seguinte. Breno ficava olhando a noiva, a forma das ancas, dos seios, o perfil, o ligeiro arrebitado do nariz, e não acreditava que aquela mulher tão linda, sensual e dinâmica durante o dia se transformasse em uma lerda e sonolenta à noite. Várias vezes esteve a pique de questioná-la e até mesmo de desfazer o noivado, mas adiava a conversa, o rompimento. Ele amava Cecília com a mesma paixão inapelável com que doutor Antunes adorava Mara. E daria tudo para ver Cecília rendida ao seu amor, cuidando da casa, entretida com o lar, dedicando-se aos filhos. Breno queria muitos filhos.

Naquela noite nem precisou perguntar se havia gostado, e não se apoquentou quando ela, afinal, bocejou, virou para um lado, dormiu. Porque aquele amor havia sido perfeito, erótico, como nunca provara. Ela me ama, como duvidei? Agora sabia que sim, mais do que isso, tinha certeza, e em breve estariam casados.

O corpo relaxado pelo amor, Breno virou-se para um lado da cama e dormiu sossegado.

Ao voltarem do restaurante, Guia dirigiu Vitorino para a poltrona da sala.

– Senta aqui que eu vou fazer o "istripitise" que você ama e que faz tempo não me pede. – Gingando e tecendo curvas, mais e mais acentuadas, foi retirando pouco a pouco as peças de roupa, mostrando toda a sua perfeição montada nos saltos muito altos.

Os olhos de Vitorino pararam em Guia, mas não a enxergavam, estavam muito longe, estavam em Cecília. Para tocar o corpo dela abandonara sua terra, viajara para o Sul, trabalhara como jardineiro. Cecília era a folhinha da parede do armazém do seu Zé, mais doce que o algodão-doce da carrocinha que ele descobrira há anos quando viera para o Rio de Janeiro.

Pudesse Cecília penetrar no pensamento de Vitorino, saberia que, apesar de toda a sua inteligência, dos estudos, dos conhecimentos adquiridos, de toda a sua vivência no Sul, a sua alma continuava sendo a de um nordestino nascido no sertão bruto. E com certeza morreria assim.

– Oi, sou eu, se lembra que eu existo?

Muito de longe ouviu a voz de Guia, fazendo-se notar.

Mãos na cintura, o corpo inteiro nu, meneou as cadeiras quase com violência, sacudindo os seios, exigiu explicação:

– Que que há? Tô aqui fazendo "istripitise" faz um tempão e você nada, nadinha, em que mundo cê tá? Ainda naquele do restaurante dos bacanas? Eu, como fico? Chupando o dedo?

Mas Vitorino não estava nem aí para explicações ou invenções, e dispensou Guia com aceno de mão: Me deixa em paz, estou cansado e morto de sono. Pouco ou nada se importava com a irritação dela. No fundo esperava reação maior, queria mais é que ela rompesse com ele. Facilitaria a sua tomada de decisão.

Despiu-se, foi para o quarto, se meteu na cama. Nada, nada no mundo, Cecília, me impedirá de ter você. Sei que está noiva, mas se não casou até agora, pode me esperar mais um pouco. Ainda não cheguei lá. Me espera um ano e ocuparei posto alto na companhia do seu pai, ele me prometeu. Um ano, não peço mais.

Quando Guia, após esgotar a raiva, a decepção, resolveu ir para a cama, Vitorino dormia a sono solto. Mas ela não conseguiu conciliar o sono, passou grande parte da noite pensando no que fazer, que estratégias armar para reconquistar Vitorino. Sentia que ele escorregava de suas mãos pior que muçum ensaboado, um dito lá da sua terra.

Ao voltarem do restaurante, Mara trocou o vestido preto por camisola de cetim muito fino, retirou a maquilagem, sentou-se no banquinho em frente da penteadeira e pôs-se a escovar os cabelos.

– Eu faço isso – disse Antunes, retirando-lhe a escova da mão. – Continuam tão lindos e macios como eram nos seus dezessete anos, naquela noite quando nos casamos. Se lembra?

Mara sorriu, e carinhosa beijou a mão do marido. Aos dezessete anos havia amado tanto Antunes, se casara tão apaixonada, que respeitava seus sentimentos mesmo após se cansar da velhice dele. Quando Antunes morresse, a fortuna seria dividida entre ela e a filha. Mas teria a maioria das ações, e queria Vitorino na presidência da empresa.

Fazia tempo que não trabalhava como jardineiro, mas não perdera a autoridade sobre ele, que vinha à gruta por livre e espontânea vontade quando ela pedia.

Que ele mudara, sentia. Não era mais o carinho, o desejo, a sofreguidão de sempre. Por mais que tentasse entender sua vontade de vencer na vida, muitas vezes sentira-se relegada. Jamais fora desprezada, e uma névoa de medo a perturbou.

Por vezes tinha a impressão do dedo de Antunes na modificação de Vitorino. Logo mudava de ideia, se acalmava, pois o marido fora bastante realista com ela quando lhe disse certo dia:

– Agora, meu amor, o seu jardineiro está para se formar na faculdade e você terá que aceitar outro. Pedirei a ele que venha apenas para instruir o substituto.

Tivera vontade de gritar: não quero outro jardineiro.

Mara se recordava de como o desespero tomara conta dela. O pavor de perder o corpo de Vitorino era tão violento que pensou em... Não queria pensar. Afastou aquela lembrança, gostava do marido, fora o primeiro grande amor de sua vida, com ele tivera uma filha.

Algum tempo depois, Antunes voltara a dizer:

– Agora, meu amor, Vitorino não terá mais tempo nem para instruir um novo jardineiro.

Então ela sentiu-se perdida de vez, chorou dias e dias nas horas em que Antunes estava ausente, jamais choraria na presença dele.

Resolveu secar as lágrimas e se disse: Mara, estou te desconhecendo, você nunca foi uma perdedora, e não será agora que mudará de time. Te prepara e briga pelo que você quer. Vitorino sempre precisou e continua a precisar de você. Ele será o que você determinar, nada mais, nada menos. Por mais que esteja apaixonado por Cecília, é bastante ambicioso para colocar o poder em primeiro lugar. Ninguém sai da miséria, como ele saiu, de graça. Ah, Vitorino, ah, paixão da minha vida! Se te conheço bem, vou te fazer esquecer Cecília depressinha. Ainda sou linda, e te farei o presidente de uma das empresas mais ricas do país.

Antunes terminou de escovar os cabelos da mulher, estendeu-lhe a mão, ela se levantou do banquinho, se meteu debaixo dos lençóis, tranquila. Fazia anos que o marido não exigia sexo; a proximidade e o calor do corpo dela eram suficientes para ele.

Tinha que admitir: Antunes era um sábio.

ENCONTROS E DESENCONTROS

1

Guia acordou pensando em tudo que ainda teria que preparar, embora tudo já estivesse mais do que organizado. Do fundo da gaveta da mesinha de cabeceira puxou uma caixinha e, com o polegar e o indicador, retirou um tranquilizante, que engoliu com um gole de água do copo que sempre levava para o quarto ao se deitar. Nunca precisara de calmante, e disso se vangloriava, mas nos últimos tempos coisas desagradáveis vinham acontecendo e balançaram forte sua estrutura emocional, que considerava privilegiada. Aquela fragilidade de certa forma a irritava, já bastavam os maus humores de Vitorino, sua falta de carinho. Se viviam em apartamento de dois quartos fora por insistência dela. Não que ele não pudesse. Tinha excelente emprego em uma das firmas mais importantes do país. Não demorava e trabalharia diretamente com doutor Antunes, o que significava muito dinheiro.

Apesar da ansiedade, Guia se levantou devagar, vestiu o robe de cetim roxo, cuidadosamente colocado no espaldar da poltrona na noite anterior, calçou os chinelos de matelassê, também de cetim roxo, e antes de sair do quarto se contemplou no espelho grande, moldura dourada, que ornava uma das paredes. Era mais ou menos aquilo que ela via nos filmes. E era assim, e muito mais, que pretendia viver dali para a frente, com ou sem Vitorino. Ainda era moça e bonita, o espelho lhe contava.

Deixou a cama sem arrumá-la, era dia da faxineira, olhou o anular da mão esquerda, ainda sem aliança, e sentiu um princípio de fúria, que o remédio que tomara controlaria. Respirou fundo, foi à cozinha, fez café forte, separou uma fatia fina de queijo, pão árabe. Era tudo o que comia de manhã, engordar não estava no seu programa. Deu um sorrisinho maroto e pensou em Vitorino. Ele começava a engordar, não se privava de nada. Como poderia Guia imaginar que, a cada quilo que ganhava, Vitorino sentia-se mais e mais vencedor, mais e mais importante. Como também poderia ela saber que Vitorino continuava preso às palavras de seu Zé da Venda.

Por tudo e apesar de tudo ainda o amava demais. Afinal, se acostumara aos hábitos dele. E enquanto não se casassem em cartório e ele não enfiasse a aliança no seu anular, nada reclamaria. Mesmo que quase sempre chegasse tarde em casa.

No dia seguinte inauguraria o seu primeiro salão de beleza: Sonho da Mulher. Tomou outro gole de café e pensou: fosse como fosse, Vitorino ainda valia a pena, era uma ponte entre ela e os Antunes. Porque dona Mara prometera comparecer. E ela, Guia, faria de tudo para tê-la como cliente do seu salão, ainda pequeno, ainda alugado na Rua do Matoso, quase na Praça da Bandeira. Depois viriam outros, uma rede de Sonho da Mulher.

Todos na zona sul, todos imensos, com tudo que fosse possível oferecer às mulheres nadando em dinheiro, como dona Mara. Não demorava e inaugurava um por um, rápido, tinha pressa na vida. Não viera morar no Sul a troco de nada. Comprara muitas e muitas flores para a festa, e Vitorino encomendara bufê caríssimo, incluindo as melhores bebidas. Na verdade, Guia não entendia vários porquês de Vitorino, suas incoerências, como aquele gasto enorme com a inauguração do primeiro Sonho da Mulher. Deu um suspiro demorado, com certeza ainda era apaixonado por ela.

Depois seria dali para a frente. Faria muito dinheiro, a nata da sociedade carioca exigiria a sua presença em todas as festas, iria à Nova York, à Europa, de onde traria maravilhosos e originais vestidos dos mais famosos costureiros. Imaginava que fosse assim que dona Mara fazia. Ela também chegaria lá, tinha força e vontade. Não fugira da secura de sua terra sem esperança, não deixara a família em vão. Um dia traria seus pais para o Sul.

Deu outro suspiro, tomou o último gole de café e entrou no banheiro. Depois de uma ducha, se vestiu, telefonou para Zezé, uma das sócias: – Não demoro e estou chegando. – Antes de sair abriu o armário do quarto, alisou e namorou o vestido lindo que usaria no coquetel de inauguração. Imaginou dona Mara admirando-o e pensando em qual das lojas ela comprara. Se lhe interessasse, descobriria rapidamente, porque dona Mara frequentava as melhores grifes. Mas com certeza não iria de uma em uma perguntando quem havia adquirido aquele vestido lindo, em cores fulgurantes e harmoniosas, ajustado ao corpo de forma elegante, mostrando o início dos seios. Guia riu interiormente e pensou como valia a pena ter amigas verdadeiras como Lu, costureira de mão cheia.

Pouco mais de um mês antes da inauguração do salão, ela e Lu saíram à procura dos vestidos mais bonitos das grifes mais famosas. Depois de muito andar, Guia parou em frente à vitrine de uma delas, cutucou a amiga com o dedo, apontou: aquele tem a minha cara. As duas se empertigaram, levantaram a cabeça e tentando pose de senhoras da *high society* entraram na loja, correram os cabides, separaram o vestido exposto na vitrine e mais dois, para disfarçar. – Quero experimentar estes três, número 38 – disse Guia, com certa empáfia, a uma das vendedoras. Ela estranhou aquelas suburbanas em loja tão cara, mas sorriu para elas, apontando-lhes o provador. E sem demora levou à cabine os três vestidos. Enquanto Guia experimentava aquele que tinha amado, Lu retirou da bolsa um bloquinho e lápis, passando a desenhá-lo com todo o cuidado para que não faltasse nenhum detalhe. Vou pensar – disse Guia, afável, para a vendedora, entregando-lhe as roupas.

No dia seguinte as duas correram lojas de tecido e encontraram o que mais se assemelhava ao do vestido. E agora estava ela com aquela maravilha de grife para ninguém, nem mesmo dona Mara, botar defeito.

Mara abriu o envelope, leu o convite cafona, *RSVP* em letras douradas gordas, mais cafonas ainda. Como isso, de uma forma ou de outra, tinha a ver com Vitorino, telefonou para o número de contato, respondeu que iria e ficou imaginando a perda de tempo daquele sábado na inauguração do salão de beleza. Mas Vitorino e Antunes lá estariam. Nos seus numerosos armários de roupas, sapatos e bolsas, fez suas escolhas, dedo a dedo.

Andava nervosa, impaciente, até mesmo com Antunes, o que era imperdoável e sem sentido, tudo por causa do afastamento de Vitorino. Agora, ele raramente aparecia na gruta, por mais que ela pedisse. Em pouco tempo estaria trabalhando diretamente com o marido, então seria o seu fim. Como poderia ficar sem ele, sem aquele corpo que cobria de forma perfeita o seu, aquele cheiro que nenhum outro homem tinha? Como ficar sem tudo mais que acontecia na gruta? Se pelo menos Antunes morresse... Ele já estava velho, aproveitara tudo que uma vida rica como a dele pudera proporcionar. Mas o marido parecia cada dia mais forte, como se o tempo não o atingisse, como se fosse eterno. Para que durar tanto? Se eu tivesse coragem de encurtar a vida dele, pôs as mãos no rosto, chorou. Não era assassina, tinha lá seus defeitos, todos têm, mas matar... Que horror, meu Deus! Esgotou as lágrimas, assoou o nariz, e pensou que Antunes não era o único obstáculo, havia ainda a nordestina suburbana que morava com Vitorino, um casamento que não acontecia nunca, mesmo assim moravam juntos. Havia, também, Cecília, que adiava e adiava o casamento com Breno. Por mais apaixonado que ele fosse, um dia cansaria e partiria em busca de alguém que o amasse. Ah! Breno, como você é ingênuo, não enxerga que minha filha ama outro. Pensou, agradeceu aos céus a cegueira de Breno, e não pôde deixar de rir refletindo como a paixão eterna e incondicional do futuro genro assemelhava-se à de Antunes.

Olhou-se no espelho do quarto imenso, se aproximou mais, e o espelho lhe mostrou os detalhes do seu rosto inchado pelas lágrimas. Quando nova, as marcas saíam num minuto. Agora precisavam de tempo e cremes.

2

– Senta, meu rapaz – disse doutor Antunes indicando a poltrona ao homem elegantemente vestido que entrara em seu gabinete. – Precisamos conversar.

Antes de sentar, Vitorino inclinou o corpo sobre a mesa e cumprimentou doutor Antunes com aperto forte de mão.

– Com certeza precisamos.

Cada vez que entrava naquela sala lembrava-se da primeira vez: sentara naquela mesma poltrona e pedira ao patrão dispensa do trabalho, uma hora antes, para poder estudar.

– Espero que esteja com seu inglês em dia.

– Com certeza, doutor Antunes. Meu professor é exigente.

– Já conversei com o Fontes, você deixará a empresa dele, virá para a minha. Então prepare-se para enfrentar pelo menos três anos nos Estados Unidos. Ao voltar, assumirá posto diretamente ligado a mim. Preciso de sua inteligência e força jovem para gerir o meu mundo. Terá participação na empresa, evidente. Cecília poderia ser meu braço direito, mas está arrumando as malas. A empresa dos pais de Breno, noivo dela, tem interesses na Alemanha. Em pouco estarão casados e viajando para lá.

Vitorino sentiu o corpo tremer forte, a cabeça rodar, mas aprendera tanto desde que viera morar no Sul, que foi com tranquilidade que respondeu:

– Acredito que a minha vida toda foi me preparar para o que valesse a pena. Trabalhar para o senhor desde o início como jardineiro, até o presente momento, foi uma bênção dos céus. E até sempre não saberei como agradecer o que fez, tem feito e fará por mim.

Antunes sorriu. Fora o "criador" de Vitorino e sentia-se feliz por três motivos: ele valera a pena e sabia ser agradecido. O terceiro e mais verdadeiro: trabalhando diretamente com ele, Vitorino se casaria com Guia, se afastaria de Mara. E o jardineiro, com certeza, sabia disso. Estava velho, mas a mulher também envelhecia, por mais que o dinheiro comprasse sua falsa juventude. E Vitorino, tendo êxito na empresa, não ia querer jogar tudo para o alto por ela, que poderia ser sua mãe. Com Cecília não adiantava contar. Era difícil, sabia, encontrar alguém que desse continuidade às suas empresas. Vitorino podia. Talvez fosse um contrassenso que nem ele entendia, mas a verdade é que gostava do rapaz, tinha-lhe grande carinho. Tais pensamentos povoaram a cabeça de Antunes num átimo, enquanto Vitorino se sentava na poltrona.

Antes que doutor Antunes lhe fizesse a pergunta de praxe quanto à Guia, ele se antecipou:

– Guia não irá comigo. Nem eu pediria. Ela sempre teve vida própria, batalhou muito para chegar aonde chegou.

– Mas ela já sabe?

– Não, senhor, nem imagina. Só contarei após a inauguração do seu primeiro salão de beleza. Com certeza terá mandado convite para o senhor e dona Mara.

– E nós teremos imenso prazer em participar do sonho de sua Guia. Mara e eu lá estaremos. Meu rapaz, então estamos combinados. Vá se preparando para outra importante etapa de sua vida. E venha me dar um abraço apertado.

Vitorino levantou-se da poltrona, contornou a mesa, deu um grande e apertado abraço em doutor Antunes. Gostava dele tanto quanto um filho gosta do pai. Apesar de tudo, continuava com Mara. Era um traidor.

Saiu do gabinete envolto naqueles sentimentos contraditórios que sempre o perseguiram. Muitas vezes esteve a pique de terminar tudo com Mara. Mas como dispensar a lisura, a brancura, o perfume dela? E as loucuras do sexo que ela armava e o endoideciam? Agora estaria nos cinquenta e tantos, bonita ainda. Justo agora ele precisava mais dela. Afinal, doutor Antunes não demoraria a morrer, e quem melhor do que ela para garantir seu sucesso no Sul? Mara não era do tipo de manter viuvez.

Como sempre fazia quando aqueles pensamentos lhe vinham à cabeça, Vitorino respirou fundo várias vezes expurgando tudo de negativo.

Apertou o botão do elevador, direto para a garagem, entrou no seu carro e saiu do prédio pensando: se abandonara sua família para tentar a vida no Sul, por mais que gostasse do doutor Antunes e o respeitasse... Ao virar uma das esquinas, o sol bateu de chofre em seus olhos. Rápido abaixou o protetor. O sol daqui é tão inclemente quanto o da minha terra distante. Mas aqui tenho ar-condicionado, tudo que me faça sentir bem, viver de verdade. Mesmo assim, sentiu-se mal e tão perdido como no sertão árido.

– Vitorino – gritou a mãe –, te avia que o pai já tá quase pronto.

– Não posso, tenho aula, mãe, dona Severina...

– Vai, vai – gritou ela enfurecida, atirando-lhe um embornal encardido com dois pedaços de jabá cozinhados, dois de rapadura.

Vitorino largou o caderno e o lápis, deixou o dever da escola, pegou a matalotagem, foi ao encontro do pai. Na ida dividiriam o jegue. Na volta viriam a pé. O jegue só daria conta das encomendas de seu Zé da Venda. Não era muito amigo daquelas viagens pelas picadas na caatinga, perderia aulas, mas obrigação é obrigação e, sabia, seu Zé pagaria um bom dinheirinho ao pai. Assim a venda podia atender às necessidades do seu povoado, inclusive a caixa de lápis de cor que dona Severina comprava. Também, pensou Vitorino, eram seu pai e ele que todo início do ano traziam, da cidadezinha onde faziam as compras, uma folhinha de mulher nua para a venda do seu Zé. Ele era o primeiro a ver a mulher nua em pelo, que depois seria pregada na parede da venda. A viagem tinha também outras vantagens, por mais cansativa que fosse. A melhor delas era a padaria do seu Nono, onde o pai comprava pão-doce e picolé, quase sem gosto de fruta, praticamente água com açúcar, por isso baratinho, o pai podia pagar.

E ele ficava com o picolé na boca sentindo o friozinho gostoso que enganava aquele calor. Depois das compras o pai e ele sentavam-se num cantinho à sombra, abriam o embornal e devoravam o jabá e a rapadura.

Vitorino se ajeitou no assento do carro, refletiu: estava vencendo e continuaria a vencer. O carro não era zero km nem da marca mais cara, não o estacionava na área privativa da diretoria, e seu terno, embora de alta qualidade, não se comparava aos ternos de doutor Antunes. Enfim, faltava muito para chegar aonde pretendia, mas não podia reclamar, crescia dia a dia. Imaginou-se pegando o avião que o levaria para a Columbia University, onde ficaria mais de três anos. Longe do Rio, de Guia, também de Mara. Precisava dela, alguns anos e doutor Antunes se despediria da vida. Então ela estaria disponível para outro casamento, e com ele. Longe do ideal, mas de acordo com seus propósitos. Casado com ela, ocuparia o trono de doutor Antunes. Faltara a vários encontros na gruta, uma forma de se fazer mais desejado. Mas não deveria se arriscar tanto. A fortuna de doutor Antunes faria dela uma viúva cobiçável. E quem lhe poderia garantir que, durante os anos que passaria nos Estados Unidos, alguns – com tantas intenções quanto ele – não se aproximariam com sucesso? Mara não era mulher de ficar sem homem, ele sabia muito bem.

Embora o ar-condicionado estivesse no máximo, Vitorino sentiu-se acalorado, tenso. Deixou a avenida, diminuiu a velocidade, enveredou por uma rua estreita e estacionou quase em frente ao boteco do Ciço, que frequentava desde os tempos de faculdade. Antes de sentar-se em uma das mesinhas daquele pequeno espaço, foi ao balcão abraçar o dono. Ciço não nascera no seu povoado, mas era tão fugitivo da seca, da fome e da miséria quanto ele.

Bebendo cervejinha gelada, acompanhada de macaxeira frita na hora, Vitorino pensou em um plano que lhe permitisse passar, despreocupado, o tempo nos Estados Unidos. Um plano de precaução: em hipótese alguma podia perder Mara, e enquanto doutor Antunes vivesse, não podia perder Guia. Ele nunca lhe dissera, mas sabia, sua admissão na empresa estava condicionada ao casamento com ela. E o prazo fatal expiraria ao voltar ao Brasil. Nem Guia ou Mara iriam visitá-lo, evidente, caberia a ele vir ao Brasil durante as férias e, vez por outra, pegar um avião e passar um fim de semana no Rio. Assim controlaria as duas. Se saíra do fim do mundo, se formara, saberia como se haver com a futura situação.

Era uma sexta, fim do dia, estava livre, sem precisão de horário. Mesmo assim consultou o relógio de pulso, presente de Mara, necessidade vital para cada momento de sua vida, como homem importante que começava a ser.

Pediu ao garçom mais outra cerveja e uma porção daquele jabá cheiroso que vira na vitrine do boteco.

Então, aconchegado àquele pequeno mundo, tal qual o seu mundo no sertão, Vitorino se deu o direito de pensar em Cecília. E isento de todos e quantos interesses dominavam a sua vida, o seu futuro: muito gordo e muito rico, ele sonhou com a mulher loura da folhinha que um dia ele encontrou no Rio, o perfume do seu corpo, o beijo dela, a lava do vulcão.

Não queria pensar na noite de lua cheia.

Queria, sim, era pensar naquela noite no restaurante, os olhos deles se percorrendo, o desejo acelerando.

Pediu ao garçom água mineral gelada, esvaziou a garrafinha, pagou a conta, acenou para Ciço.

Entrou no carro, deu a partida. Ele sabia: apenas um estalar de dedos de doutor Antunes e teria um futuro brilhante e milionário. Ou seria apenas um economista como tantos outros recém-formados à procura de emprego num mundo onde a competição era verdadeira guerra de foice.

Entrou na garagem do prédio onde morava com Guia, estacionou o carro, tomou o elevador de serviço. E enquanto subia para o décimo andar, pensou nos propósitos que o levaram a tomar um caminhão para o Sul. Volta e meia rememorava tudo.

Preferiu tocar a campainha a usar a chave. Com certeza Guia o esperava ansiosa. E teve certa inveja dela. Começava a vencer na vida e venceria, mesmo sem maiores estudos ou apoio de doutor Antunes. Independente e sem traumas do passado. Guia era uma mulher forte.

3

Antônio entrou no Forno Português, da Rua do Matoso, uma das filiais de sua rede de padarias, plantada desde o subúrbio até a zona norte da cidade, e com pronúncia carregada desejou bom-dia aos funcionários, em especial à mulata que atendia a caixa com destreza. No escritório, mesmo antes de cumprimentar o primo, seu sócio: – Decidi, vamos expandir nosso Forno até a zona sul. Não demora e seremos donos da cidade. – Só então deu uma pancadinha no ombro dele desejando-lhe bom-dia, depois sentou-se à sua mesa, tocou a campainha, pediu um cafezinho ao empregado. Tomou o último gole, passou a língua nos lábios e, cotovelos na mesa, dedos cruzados na altura do queixo, expôs bem devagar seus planos ao primo.

Ao sair para almoçar no restaurante português nas cercanias da Praça Tiradentes, onde comeria febras de porco, prato que brasileiro não conhecia, cruzou com a mulher morena, cabelos soltos pelos ombros, saltos altíssimos, que se encaminhava para um dos balcões.

Ela pediu uma dúzia de pão francês, ainda quentinhos, e 500 gramas de presunto cru em outro balcão. Voltou ao primeiro balcão, sorriu para o empregado: – Seis cavacas, por favor, se estiverem fresquinhas. – O rapaz sorriu de volta: – Não faz muito saíram do forno. – Ela pegou os pacotes, agradeceu, foi à caixa, pagou, saiu da padaria. Antônio ficou olhando-a atravessar a rua, as pernas bem-feitas, o ritmo do seu corpo, e o perfume ligeiramente doce, quase fugaz, que deixou ao passar.

– Quem é aquela nossa freguesa? – perguntou a um dos balconistas que a atendeu.

– Dona Guia. Ela vem sempre. Tem um salão de beleza aqui pertinho.

Antônio agradeceu a informação, saiu da padaria, acenou ao seu chofer, entrou no carro: – Para o restaurante do xará. – Como todos os dias, pensou o motorista.

Desceu do carro. No restaurante, a mesa de sempre, o garçom, a postos, puxou-lhe a cadeira, Antônio sentou-se, acenou para o outro Antônio, em minutos o antepasto e o vinho Monte Velho chegavam à sua mesa. O tinto alentejano não era caro, porém muito saboroso.

Era ali que, à exceção dos domingos, ele almoçava. Há 30 anos ele e o xará embarcaram no mesmo navio rumo ao Brasil. Na viagem se conheceram, travaram amizade. Regulavam em idade. Os dois tinham promessa de emprego. Antônio foi trabalhar com o primo feirante, o xará em um restaurante, também de parente. Enriqueceram.

Enquanto degustava o antepasto acompanhado do vinho, Antônio pensou em como a vida lhe premiara. Era rico, muito rico, mas até então não decidira se unir a nenhuma mulher, constituir um lar como o amigo, cercado de filhos. Pescou alguns tremoços, tomou um gole de vinho, e pensou, também, nos cabelos que ano a ano branqueavam; alguns meses e completaria 50 anos. Ainda tinha tempo, e as mulheres provisórias eram o suficiente. Uma delas era caixa da padaria na Rua do Matoso. Havia feito uma asnice, sabia, e jurou nunca mais ir para a cama com empregada sua. Levou algum tempo para terminar o caso com ela e não teve coragem de despedi-la. Era uma senhora mulata, cheirava gostoso e enfeitava a padaria. Além do mais, era excelente como caixa. O que mais importava no momento era a decisão de se tornar o rei das padarias do Rio de Janeiro. Acenou para o garçom pedindo as febras. Comeu com gosto, sentindo um tantinho de saudades do seu Alentejo, dos sobreiros, das oliveiras, de sua terra. Sobremesa, apenas nos sábados, quando se deliciava com a encharcada de ovos, especiaria típica alentejana. Palitou os dentes, outro gole de vinho para bochechar e engolir os farelos da comida. Acenou de novo para o garçom pedindo o cafezinho, mas antes bebeu o último gole do tinto. Olhou o relógio, ainda estava no horário do almoço, e refletiu: quem não nasce rico, a única forma de fazer dinheiro é trabalhar duro. Também é preciso muita sorte. E isso eu sempre tive e continuarei a ter. Em breve estenderia sua rede no Rio, depois levaria o Forno para São Paulo. Antônio se deu conta do sonho, do tempo, passou o guardanapo na boca, se levantou, agitou a mão direita despedindo-se do xará.

O chofer estava à sua espera. Enquanto o carro corria, lembrou-se da mulher linda que vira na padaria da Rua do Matoso. Vagamente, porque seus pensamentos estavam voltados para as novas padarias, para o dinheiro, o sucesso. Então se esqueceria de vez dos porquês que o fizeram imigrar. Não se arrependera, era feliz no Brasil, gostava da terra, faria tudo de novo.

4

Guia entrou no salão, com os pães quentinhos, o presunto cru e as cavacas. Levaria tudo para casa, Vitorino iria gostar dos pães e do presunto, das cavacas, não: – São muito rústicas, comida de gente pobre – diria ele. Ela sorria de leve, achava graça naquela necessidade que ele tinha de só querer o que de mais caro existisse. Mas ela também não era diferente. Atingira o primeiro degrau da sua glória: Sonho da Mulher. Salão ainda alugado, mas a partir dele viriam muitos outros. Já não era manicure, o salão ia de vento em popa, a inauguração fora um sucesso, muita gente, bufê perfeito, o que existia de melhor. Vitorino se desdobrara. Pouco tempo depois ela entendeu o motivo de tanta adulação: três longos anos fora do Brasil. Ele lhe contou alguns dias após a festa de inauguração.

Contou envolvendo, acariciando, beijando e lambendo seu corpo de cima a baixo, como fazia desde a primeira vez que foram para a cama, naquele quarto na cabeça de porco. Depois muita coisa tinha acontecido, pouco a pouco ele se afastou, veio aquela mania de querer estudar, ser melhor do que era. Mas naquela noite, ao anunciar-lhe sua viagem para os Estados Unidos, foi o Vitorino dos primeiros tempos. Após o amor ele se abraçou a ela e contou: – É pro nosso bem. Doutor Antunes praticamente exigiu que eu me aperfeiçoasse nos Estados Unidos. Quando voltar ocuparei posto diretamente ligado a ele. Então a gente se casa. E doutor Antunes e dona Mara serão os padrinhos. – Os olhos dela brilhavam. – De verdade? – De verdade – respondeu ele. – E como vou aguentar ficar sem você três anos? – Eu venho nas férias e arranjo um jeito de vir algumas outras vezes. Vou ficar muito, muito rico e te darei tudo que você merece. Vou te fazer dona de uma rede imensa de Sonho da Mulher. Depois irei à minha terra ver meus pais, meu avô, dona Severina e seu Zé da Venda. E vou levar muito dinheiro pra ajudar meu povoado. – Que tal entrar na política? Você vira deputado, depois senador, depois presidente da República, e ajuda seu pessoal melhor ainda – disse ela rindo. Ele achou graça, aquela ideia jamais passara por sua cabeça. Mas não era de se jogar fora. Pelo menos deputado, melhor senador. Deu uma gargalhada larga.

Em casa Guia separou um pouco de presunto, guardou o resto na geladeira, um pão e uma cavaca para o jantar, os outros pães e cavacas ela colocou no *freezer*. Teria jantar para uma semana. Toda terça ia ao Forno Português fazer aquelas compras, era pertinho do Sonho da Mulher. Muitas vezes trazia de lá bolinhos de bacalhau e outros salgadinhos. Gostava da padaria, era limpa, sortida, tudo de boa qualidade, melhor que qualquer outra da redondeza. E, ainda por cima, mais barateira.

Tomou banho demorado, deixando a água descer pelo seu corpo, como Vitorino gostava. Enquanto se enxugava e vestia o robe de cetim roxo, pensou nele. Nem fazia tanto tempo, semanas apenas, mas sentia sua falta na cama, os corpos se envolvendo, o sexo dele entrando nela e dando-lhe o indefinível das sensações sem as quais não saberia viver.

5

Mara levou para a gruta vários sachês de lavanda, que espalhou em locais estratégicos, uma garrafa de Chivas 25 anos, dois copos de cristal ligeiramente azulado, preciosidade que comprara em um antiquário na Alemanha, e duas fronhas de linho. Amanhã traria o isopor com gelo, porque amanhã Vitorino viria. Ele telefonara, marcara o encontro, parecia ansioso. Precisava acreditar que aquela ansiedade devia-se mais a saudades dela – fazia tempo não aparecia na gruta – do que à viagem próxima para os Estados Unidos. Seria uma despedida, por três demorados anos, Antunes lhe contara por trás dos óculos escuros que sempre o acompanharam.

– Três anos ou mais de aperfeiçoamento na Columbia University, seu ex-jardineiro fez por merecer o prêmio. Ao voltar, trabalhará diretamente comigo e se casará com a mulher que há anos é sua companheira. Outra nordestina fugida da seca, mas vencedora. Linda e jovem – ele frisou. – Aprendeu a se portar como dama de sociedade. Como você bem viu, estava vestida com perfeição da cabeça aos pés, discretamente perfumada, na inauguração do seu salão de beleza.

Desde a descoberta da gruta, Antunes a provocava. E se existia coisa que a irritava fora da conta era não poder reagir às provocações. Sempre fora mimada, primeiro pelo pai, depois por ele. Queria tudo do seu jeito, fosse o que fosse, quando e como quisesse. Casou por amor, em pouco tempo se cansou. Sabia como fazer, e o marido jamais descobriu os muitos homens de sua vida, todos sem maior importância. Até que por acaso Vitorino, um menino de 20 anos, surgiu de um fim de mundo. Sem entender a razão, ele a revirou pelo avesso. Uma alucinação, um desejo incontido. Abusou demais da sorte e menosprezou a sagacidade do marido.

A vida é cheia de amarras, por vezes engraçadas. Cada um tem seus limites, que não consegue ou não quer ultrapassar, pensou Mara. Terminou de ajeitar o mais do que ajeitado, percorreu cada centímetro da gruta com os olhos, tateou o que pôde, inspirou fundo sentindo os tantos aromas que há anos, desde o primeiro dia de amor com Vitorino, impregnavam a gruta disfarçando o cheiro de mofo.

Saiu da gruta caminhando devagar. Podia ser fútil, burra não era, e sabia exatamente, por mais que tentasse se enganar, o que Vitorino sentia por ela. No princípio foi tesão, era jovem, linda e fazia amor como ninguém. O tempo passou, ela completou metade de um século, sua beleza foi descendo encosta abaixo. Mara parou, sentou-se no gramado do seu enorme jardim e chorou. Os pensamentos se atropelavam, vinham e iam acelerados, como muitas vezes acontece com pensamentos. Durante algum tempo assim ficou. Depois ela se levantou, se aprumou e se disse: Mara, chega de besteira, se concentra no que você é. Ele terá que se casar com a nordestina, já que Antunes assim determinou. No entanto, mesmo casado, continuará te amando na gruta. Não é tolo, sabe que tem muito homem de olho na sua fortuna, esperando que seu marido morra.

Em casa, separou o isopor e as fronhas. E antes de tomar um banho morno, demorado, determinou à governanta: – Ponha a mesa para o almoço, descerei em pouco mais de uma hora.

6

No bar do Ciço, bebendo cerveja geladinha, Vitorino agradeceu a todos os santos – que dona Severina sempre garantira existir e fazer milagres – haver conseguido dobrar Guia e Mara.

Enquanto mastigava um pedaço de jabá, outro de macaxeira, matutava: sentira remorsos ao mentir para elas? Claro que não. Fizera amor mais do que perfeito com as duas. Era bom de cama, mulher alguma jamais reclamou de sua atuação. Sabia tocar as mulheres onde e como desejavam ser tocadas. Tão diferentes umas das outras, assim como as flores são diversas. Aprender sobre as flores com dona Severina fora muito importante. Quase todas as mulheres com quem foi para a cama gostavam de amor bruto. Olhou para suas mãos grossas pela capina e jardinagem: gostam também da aspereza de minhas mãos percorrendo o corpo delas. Pôs mais cerveja no copo e se disse: Vitorino, de verdade você conhece apenas mulheres do seu mundo. Do mundo cheio do dinheiro, onde elas são elegantes, bem tratadas da cabeça aos pés, só conhece Mara. Ela precisa das suas mãos e geme debaixo de você. E as outras, como são as outras do mundo dela, Vitorino?

Agora que é economista, tem status, precisa conhecer todas, a começar pelas americanas.

Era uma hora tranquila, Ciço deixou o balcão com um dos empregados e foi à mesa de Vitorino. Um abraço apertado no amigo, puxou uma cadeira, virou-a e sentou-se, as pernas abertas, os braços descansados nas costas da cadeira: – Então, não demora e você tá se mandando pra terra dos gringos. Tá feliz? – Muito. – Ciço levantou o braço, acenou com dois dedos, e logo estavam na mesa duas cervejas geladinhas. – Hoje é por minha conta. – Vitorino ergueu o polegar. – Por quanto tempo, meu amigo? – Três anos. – Leva a morena? – Não dá, ela fica por aqui, tem que cuidar do salão. – Papearam durante um bom tempo. Vitorino abraçou Ciço: – Obrigado, apareço antes de viajar.

Ligou o motor do carro, saiu devagarinho, pensando em quanto conhecia a vida de Ciço, e quanto ele conhecia a sua, mas não todos os seus sonhos. Nos primeiros tempos se deixava ficar no boteco nas horas de folga, bebendo cerveja, pensando na vida. Até que as coisas mudaram, os estudos não permitiam. O amigo reclamara de suas ausências. – Quero ser economista e vou ser. – Ciço batera no seu ombro: – Vai nessa, amigo, cê chega lá!

Pensou na felicidade de Ciço: mulher, dois filhos, um boteco que supria suas necessidades, o que sonhara ao deixar a secura do seu mundo. Não era a primeira vez que se dava conta de que Ciço era feliz. O amigo dissera-lhe certo dia: – Podia abrir outro boteco, mas não me interessa. Na verdade, este é mais restaurante que boteco, o suficiente pra sustentar a família. Meus filhos estudam em colégio particular, vão fazer faculdade, ser alguém na vida. Eu e Gislene não precisamos de mais. Mas os meninos vão ser doutor.

Vitorino virou à esquerda, alguns quarteirões, outra vez à esquerda, entrou na avenida que levava à sua casa. Estava tenso ao estacionar o carro na garagem do prédio. Por mais que não quisesse, o pensamento insistia: será preciso tanta briga pra ser feliz? Por que não consigo ser como Ciço?

Dormiu mal, pouco relaxou após o amor com Guia, teve pesadelos: seu Zé da Venda arregalava olhos imensos, brilhantes como faróis, rangia os dentes: – Vai ou não vai engordar, ficar barrigudo, rico, importante? Te paguei a passagem pro Sul pra isso, nunca esqueça.

Mal passava das cinco quando acordou suado, respiração curta, angustiado. E falou baixinho, como se estivesse se dirigindo a seu Zé: não esqueci, vim pro Sul pra comer bem, ficar barrigudo, muito rico e importante. E nada, nada vai atrapalhar meu sonho.

Uma ducha fria, café forte, lá do seu jeito como sempre fizera, se vestiu, desceu, pegou o carro, chegaria muito mais cedo na firma.

Enquanto dirigia pensava no pesadelo, nas verdades e inverdades de sua vida.

Em Cecília.

Sabia, não poderia viajar sem estar com ela.

Sabia, também, dos riscos em estar com ela.

Mas não foi pra conhecer a mulher nua da folhinha que decidiu vir para o Sul? Pra sair daquele seu mundo desgraçado, de miséria, onde tudo que era verde secava antes da hora? Pra vencer na vida? Não foi por tudo isso que se meteu num caminhão, se formou em economia e estava prestes a se aperfeiçoar nos Estados Unidos? Será que não sabia que Cecília era a única? Por quantos séculos existissem, mesmo que nunca tivesse deitado com ela, não houvesse tomado posse do seu corpo, sem ela não poderia viver. Os pensamentos se atropelavam, se desencontravam, levando-o a mundos contraditórios.

Arfava quando entrou no estacionamento da empresa, trancou o carro, tomou o elevador.

Não precisava consultar sua agenda. O telefone de Cecília sabia de cor.

Fosse como fosse, acontecesse o que acontecesse, tinha que estar com ela.

7

Era cedo, a empresa ainda não transbordava de gente, apenas o pessoal da limpeza, os seguranças.

Foi uma manhã difícil para Vitorino. Na sala que dividia com outro economista, volta e meia segurava o celular, olhava o relógio de pulso, como se aqueles gestos fizessem o tempo andar mais rápido.

Queria ligar para Cecília, apenas um momento antes de ela entrar no carro, dirigir-se para a empresa do pai. Conhecia tudo o que podia de sua vida, cronometrara o possível.

Quando o ponteiro acusou sete e quarenta e cinco, coração aos saltos, ele digitou os números. Ouviu sua voz.

– Alô.

– Sou eu, Cecília, Vitorino. Desculpe ligar tão cedo, é que preciso muito falar com você.

Silêncio do outro lado do fio.

O suor tomava conta do seu corpo, o coração batia desenfreado, e foi com dificuldade que repetiu:

– Sou eu, Vitorino. Desculpe se liguei cedo demais.

– Já se deu conta do tanto tempo que não ouço sua voz, nem você a minha? A última vez que a gente se viu foi naquele restaurante na noite da sua formatura.

– Eu sei. Mas preciso te ver. Estou viajando para os Estados Unidos.

– Meu pai me contou.

Sem entender, como se fosse um passe de mágica, Vitorino voltou anos atrás e se ouviu dizendo: Cecília, eu te amo como jamais amei ou amarei ninguém. Você é minha desde o tempo da venda do seu Zé. Você salvou minha vida no dia em que despejei minha lava em sua mão.

O desejo é fio invisível que percorre sem fronteiras o corpo no qual se instala. E naquele instante em que se falavam ao telefone, voltaram no tempo os ponteiros da memória, do desejo, de tudo mais importante.

– Amanhã é sábado. Por favor, me encontre no Jardim Botânico, às 11 horas, ao lado do orquidário.

Um tanto de silêncio, depois a voz abafada, quase sussurrante, dela:

– Te encontro, sim, amanhã, às 11 horas, no Jardim Botânico, ao lado do orquidário.

Foi uma sexta-feira de sofrimento. Mesmo tentando encurtar o tempo de todas as formas imagináveis, atolando-se em trabalhos, inclusive os não programados, o dia não passava. No almoço andou freneticamente da firma para o restaurante, de lá para a firma, não conseguiu mais do que engolir, sem sentir o sabor, meio sanduíche com Coca-Cola. E a parte da tarde lhe pareceu interminável.

Após o expediente se meteu num cinema sem se dar conta de que filme passava. Ao fim da sessão Vitorino olhou o relógio de pulso, cedo ainda, ficaria para a próxima, melhor do que voltar para casa. Acabou não aguentando até o fim, deixou o cinema, voltou a consultar o relógio, quase 10 da noite, mesmo assim era cedo para voltar para casa, não suportaria aquela prisão, ainda mais com Guia, que na certa notaria seu intenso desassossego, faria mil perguntas, invadiria seus olhos com aqueles olhos muito negros dela, cobrando amor.

Fosse para casa e teria que tolerar angústia dobrada.

Pegou o carro, estacionado a poucas quadras do cinema, e dirigiu para a zona norte, onde conhecia vários bares-restaurantes que varavam a noite. Escolheu um deles, encontrou vaga para o carro, bastante perto.

Mal passava das 10 horas, mas nas sextas qualquer lugar noturno entupia. Aguardou algum tempo antes de conseguir uma das mesas ao fundo, discreta como desejava. Ficaria ali o tempo suficiente para Guia desistir de esperá-lo. O garçom trouxe o cardápio. Vitorino continuava sem fome e pediu uma caipirinha de limão, sabendo que passara o dia apenas com meio sanduíche.

A bebida chegou, Vitorino bebeu de uma só talagada, pediu mais uma, e muitas outras.

A angústia piorava a cada dose. Nunca fora de beber além das cervejinhas, vez por outra uma caipirinha no Ciço. Uísque só conheceu muito depois. Mesmo assim era contido. Sonhava muita coisa e jamais se deixaria levar por vícios. Mas aquela noite, se ele quisesse resistir até bem tarde, teria que comer alguma coisa. Chamou o garçom: – Bife bem-passado com fritas, uma cervejinha e outra caipirinha.

Nem tocou no bife, apenas foi pescando as batatas com um palito. Fez um gesto ao garçom para que levasse o prato, trouxesse outra cerveja, mais uma caipirinha.

Tentava manter a cabeça erguida, prestes a desabar sobre a mesa, tudo à sua frente ia e vinha, as pálpebras pesavam, fechou os olhos por segundos e sentiu-se rodopiar, abriu-os com dificuldade, acenou para o garçom próximo e pediu uma garrafa grande de água mineral, que bebeu pelo gargalo. Mas a sede não passava. Por alto que estivesse, sabia que, mesmo se bebesse mais água, nada, absolutamente nada adiantaria enquanto não se encarasse, não tomasse uma decisão, fosse ela qual fosse.

Olhou o relógio de pulso, mal distinguia os ponteiros, chamou de novo o garçom, pediu a conta, puxou a carteira do bolso, pagou a despesa. Ziguezagueando entre as mesas, cuidando para não cair em cima de ninguém, chegou à porta, entrou na noite. E antes de localizar seu carro, vomitou na calçada não só o pouco da comida, mas também a água, as cervejas, as caipirinhas, e todas as angústias daquele dia. Entrou no carro, tentou dirigir, não conseguiu. Exausto, tombou para um lado do assento, dormiu.

O COMEÇO DO FIM

1

De cabeça erguida Guia entrou na butique onde há anos escolhera o vestido para a inauguração do primeiro Sonho da Mulher. Já não era aquela pobretona que precisava copiar modelos. Optou por um simples mas sensual azul-céu, que valorizava o tom da sua pele, e que usaria no dia seguinte, no primeiro encontro com o dono do Forno Português. Separou, ainda, sandália dourada de salto altíssimo, bolsa também dourada. Na caixa entregou seu cartão: – Débito – disse, e sentiu-se feliz, muito feliz.

Saiu da loja com três pacotes, acenou para um táxi e, enquanto o carro corria em direção ao seu apartamento, deixou o pensamento flutuar. Não sabia aonde o português pretendia levá-la para jantar, talvez naquele restaurante caríssimo onde doutor Antunes comemorou a formatura de Vitorino.

O português não era feio, pelo contrário, mas um tanto velho para ela. Só valia a pena por ser cheio da nota. Continuar esperando Vitorino era tempo perdido. Precisava, o mais rápido possível, se arrumar na vida, encontrar alguém que a ajudasse a realizar seus sonhos.

Além de dinheiro, muito dinheiro, queria filhos, uma família, trazer os pais para o Rio. O português há tempos andava atrás dela. Solteiro, talvez estivesse a fim de se casar. Se isso fosse, aceitaria. Melhor um pássaro na mão que dois voando, um dito que aprendera no Rio. Deu um risinho sabido.

Fosse onde fosse, queria estar linda dentro daquele vestido. Era verão e decidiu-se por penteado sofisticado, cabelos presos encimando seu rosto ligeiramente quadrado. Usaria os brincos de ouro fantasia, mas que faziam vista, batom bem vermelho chamando a atenção para seus lábios carnudos, e borrifaria, de leve, perfume francês nos pontos essenciais do corpo.

Levara muito tempo para aceitar a paquera do portuga, o convite, pois esperava a volta de Vitorino. Ele prometera vir durante as férias na universidade e cumprira a palavra. Naquela noite, após um ano, fora o de sempre e dissera: – Uns três meses, dou uma fugidinha e venho te ver. – Não veio. Telefonou pedindo desculpas: – Amor, a universidade é muito exigente, estou pela cabeça com *papers* e mais *papers* e não posso fazer feio, nunca fiz. Me espera com calma, quando voltar a gente se casa. – Mandou um beijo, Guia mandou outro, desligou e ficou dando tratos à bola sobre o que significariam aquelas palavras esquisitas que ele dissera estar pela cabeça. Depois nunca mais telefonou. Ela entendeu, a diferença dos horários, de onde ele estava para o Brasil, era grande, tornando difícil conciliar os dois. Quando voltou nas férias seguintes e anunciou que estenderia por mais dois anos sua permanência nos Estados Unidos, começou a se perguntar se não fora burra em ter vivido como donzela todo aquele tempo.

Desceu do táxi, chamou o elevador, em casa tirou o vestido de uma das sacolas, estendeu-o na cama, das outras duas tirou os sapatos, que ajeitou em um canto do quarto, e a bolsa, que também pôs em cima da cama, depois de nela colocar as chaves de casa, lencinho, pó compacto, batom, um frasquinho de perfume, dinheiro.

Aquele sábado deixara o Sonho da Mulher nas mãos de uma das amigas, queria fazer tudo devagar, tomar banho demorado, estar linda. O português ficara de apanhá-la às sete da noite.

Ao entrar no carro de Antônio, sentar-se ao seu lado, lembrou-se de Vitorino. Mas, mentalmente, deu de ombros: que se dane!

2

Naquele sábado Antônio se deu o direito de tirar a tarde de folga. Estava longe de ser um adolescente, porém seu coração batia descompassado como nos tempos distantes. Afinal, após quase um ano de tentativa, Guia aceitara seu convite para jantar. Para impressioná-la, reservara mesa em um dos restaurantes mais caros do Rio.

O encantamento por Guia não aconteceu de repente. Ficara impressionado com ela a primeira vez que a viu, tanto que perguntou a um de seus funcionários quem era aquela morena linda. Mas não passara daquilo. Vivia tão absorto em fabricar dinheiro, quintuplicar seus negócios, que o interesse por mulher não ia além de noitadas variando de amantes, que jamais levava para a sua casa. Mas um dia se deu conta de que era um homem solitário, sem mulher e família com quem dividir sua vida, sua fortuna, sua mansão na Barra, sua extensa rede de padarias.

Tudo porque certa manhã muito cedo, estando ele sozinho no escritório da Praça da Bandeira, lembrou-se perfeitamente: alguns dias atrás ele dormira mal, sentira falta de alguma coisa que não conseguia definir, e tivera sonho estranho, em que era atirado em imenso deserto. A sede o desesperava, o calor escaldava seu corpo, esticava o braço à procura de socorro, mas só a brancura mortal da areia, o sol impiedoso rebrilhando nos seus olhos azuis, quando de longe, muito de longe, viu o xará, mulher e filhos. Em desespero esticou, mais e mais e mais o braço, pedindo socorro. Acordou suando, apesar do potente ar-condicionado do quarto.

Naquele dia ao entrar no restaurante do xará, antes de sentar-se à mesa foi a ele, deu-lhe um tapinha nas costas: – Preciso conversar com você. – Alguns minutos, o xará deixou seu posto e veio sentar-se à mesa do amigo. O garçom já trouxera o vinho de sempre, dois copos e tira-gostos. Antônio encheu os copos, passou um para o amigo, bebeu um gole grande como se estivesse sedento, depois desabafou exaltado: – Tive um pesadelo ontem à noite, você estava nele, supliquei ajuda, mas o amigo não me deu, por mais que esticasse meu braço. Por quê, por quê, por quê? – O xará estranhou, naqueles muitos anos em que se conheciam ele jamais mostrara sinal de sandice. O que estaria acontecendo? Tomou mais um gole do vinho, colocou os cotovelos na mesa, espalmou as mãos em direção a Antônio: – Oh, pá! O que está a acontecer com o amigo? Nunca te vi assim, oh, pá! – Antônio se deu conta do excesso e, numa calma enganosa, repetiu devagar o sonho. Depois jogou seus olhos nos do xará: – O que achas? Tem explicação? – Ele se remexeu na cadeira, soltou os braços ao longo do corpo e, em desalento: – Não faço ideia. Mas por que eu no pesadelo? – Um tanto frenético, Antônio agitou os braços, as mãos: – E lá sei por quê? – Os dois ficaram em silêncio. O xará deu uma pancadinha no ombro do amigo, deixou a mesa. Antônio mal provou a comida, já fria, nem palitou os dentes, dispensou mais vinho. E sem acenar para o xará, saiu do restaurante, fez sinal ao motorista, entrou no carro: – Pra casa. – O rapaz estranhou: – Casa ou escritório? – Pra Barra – disse alto, irritado.

Em casa telefonou para o primo-sócio, inventou uma desculpa: – Te vejo amanhã.

Pediu ao empregado que levasse uma garrafa de Pera Manca para o quarto. Enquanto saboreava o tinto, sentado em uma das poltronas adamascadas, de gosto duvidoso, que juntamente com a mesa baixa circular, frigobar e televisão enorme mobiliavam o cômodo imponente, rememorou sua triste atitude com o amigo. Foi refazendo o sonho aos poucos, tentando encontrar explicação plausível. Ao esvaziar a garrafa, a verdade alcoólica veio à tona, e entendeu com a maior simplicidade o que lhe parecera ser um sonho intrincado. Depôs o copo na mesa, levantou-se e, em gesto teatral, aprumou o corpo, ergueu a cabeça, levantou os braços para o alto: – Descobri! Preciso de uma esposa, filhos, uma família. – Sem pensar a segunda vez, telefonou para o xará, e numa voz nervosa, quase gritante: – Entendi, entendi o pesadelo, você me salvou. Obrigado. – Não podia ver o ponto de interrogação na cara ansiosa, preocupada do xará.

Atirou-se na cama de casal, dormiu um par de horas, acordou refeito, lavou o rosto, o sol ainda pleno no céu, meteu-se em uma sunga, jogou toalha de banho em um dos ombros, desceu a escadaria de mármore róseo importado, atravessou a enorme sala de visitas, a varanda larga que circundava o casarão, e antes de mergulhar na piscina caminhou pelo jardim, sempre florido e muito bem cuidado pelo patrício Manuel. Saiu das águas cloradas, enxugou-se com a toalha que deixara em uma das espreguiçadeiras, à beira da piscina, estirou-se nela e ficou a pensar no seu mundo rico, no tanto que trabalhara e vencera, e se disse: Antônio, o pesadelo te mandou mensagem importante. Já passou da hora de deixares a solidão de lado. Procura menina bonita para ser tua esposa, mãe de teus filhos, como fez o xará.

Outro mergulho, ele esparramou-se mais na espreguiçadeira e, sem saber por qual razão, lembrou-se da morena linda e cheirosa, equilibrada em saltos altíssimos, que certa vez vira fazendo compras no Forno Português da Praça da Bandeira.

Naquela tarde, Guia nascia para Antônio.

3

Vitorino marcara o encontro para as 11 da manhã.

Bem antes Cecília chegou ao Jardim Botânico. Feliz, pegou o caminho do orquidário, sentou-se num banco à sua espera. Todo o seu corpo doía de ansiedade, a respiração vinha curta a ponto de precisar abrir a boca à procura de ar.

Volta e meia consultava o relógio. Deu um tempo, levantou-se, entrou no orquidário, e por instantes se distraiu com a forma e o colorido das orquídeas. Para matar a hora leu com atenção o nome científico e a procedência de cada uma delas.

O relógio de pulso marcava 10 horas e 45 minutos quando deixou o viveiro, voltou ao banco e, agoniada, plantou os olhos na alameda à espera de Vitorino.

O tempo passava como se cada segundo durasse a eternidade. Enfim o sol começou a declinar, a se esconder por entre as árvores, o relógio acusou cinco da tarde, mas ela continuava à espera. Esquecera da fome, da sede. Seus olhos pesavam querendo fechar, seu corpo adernava como se estivesse num escaler em alto-mar.

Os amantes de orquídeas desapareceram, e aquele pequeno espaço no mundo do Jardim Botânico passou a ser todo dela.

Então Cecília, cansada da espera, reclinou-se no banco, e cada instante, desde o momento em que Vitorino surgiu em sua vida, estava ali com ela, estratificado, bastando tocá-lo com a mão, assim como nos contos de fada.

Anoitecia quando chegou em casa. E não saberia dizer como saiu, ao toque de fechar, do Jardim Botânico, entrou no carro, dirigiu de volta para casa.

4

Sentado junto à janela Vitorino observava o céu azul. Gostava de voar, sentia-se livre como as aves de arribação que tantas vezes vira percorrer o céu em organização perfeita.

Quase cinco anos na Columbia University. Voltava afiado, pronto para qualquer enfrentamento, mais do que doutor Antunes teria suposto. Apalpou o abdome aumentado e sentiu-se feliz. Engordara principalmente por conta dos sanduíches e refrigerantes, já que detestara o sem sabor da comida americana. Quando possível, almoçava ou jantava em restaurantes mexicanos, chineses, italianos. Ajeitou-se na poltrona tentando não incomodar o passageiro vizinho.

Olhou o relógio de pulso, última moda nos Estados Unidos. No Brasil o substituiria pelo caríssimo que Mara lhe dera de presente. Na certa ela não iria ao aeroporto recebê-lo, mas lá estaria o carro, o chofer uniformizado que há anos servia a família Antunes. E, com certeza, Guia. A última vez que lhe telefonou percebeu-a um tanto esquiva. Emoção ao saber que regressava ao Brasil? Preocupação com o casamento?

Ao pensar nela, experimentou certo mal-estar. Que o receberia como sempre, apaixonada e pronta a seus devaneios eróticos, tinha certeza. E sentiu um tanto de saudade por conta dos primeiros tempos. Como terminar com Guia? Dizer o quê? Explicar que a morte de doutor Antunes o deixava livre para o casamento com Mara? Ela o olharia na cara e o esbofetearia? Berraria, desafogaria sua raiva com palavrões, ou apenas choraria baixinho? E a ideia de Guia, encolhida em um canto, chorando baixinho lhe fez mal pior do que imaginá-la explodindo de raiva.

Ajeitou-se na poltrona recordando o dia em que a conhecera, do tesão pelo corpo dela, pelo cheiro dela, pela beleza dela. Fora um traidor? Nossa, Vitorino, para com asneira. Ela, tanto quanto você, veio para o Sul buscar vida nova. Ôxente! Ajeitou-se, respirou fundo, tentou dormir um pouco. Virou-se de um lado, do outro. O sono não vinha. Acenou para a aeromoça, pediu-lhe uísque.

O avião voava tranquilo. Vitorino sorvia o uísque. Acomodou-se melhor, talvez conseguisse dormir, e sorriu se dando conta de que, embora há anos vivesse no Sul, em vésperas de se tornar um poderoso empresário, jamais deixaria de usar mentalmente as expressões do seu mundo nordestino. Ciço não entendia, mas respeitava sua força para esquecer o modo de falar de sua terra, mudar seu sotaque, chiar como o carioca: Pra quê? – Eu não faço isso – dizia o amigo. – Mas eu preciso, o mundo em que vou habitar exige. – Ciço abrira a boca para retrucar, desistiu. Vitorino suspirou. Por mais que gostasse de Ciço, não continuariam íntimos. Frequentar o bar nunca mais.

Quando muito, seria paternal, benévolo, complacente, como doutor Antunes fora um dia com ele.

Muita coisa o aguardava no Rio. E não sabia exatamente o que aconteceria. Apenas de uma tinha certeza: Guia o esperava com a paixão de sempre.

Muita coisa também o preocupava. E Mara? E Cecília?

Enfiou a mão no bolso da jaqueta, tirou uma cartela, dela um comprimido tranquilizante, que engoliu com o último gole do uísque. Consultou o relógio de pulso: mais cinco horas e estaria aterrissando no Rio. Uma bela cidade precisada de muitos consertos. Pensou e lembrou-se de que certo dia alguém lhe dissera: por que não enveredar pela política? Quem havia sido? Guia, Mara, Ciço? Não lembrava. Político, começando por deputado, depois senador, depois prefeito, depois governador do Rio de Janeiro. Se realmente quisesse, seria eleito, o que o dinheiro não compra? Casado com Mara, ocupando o lugar de doutor Antunes, e eleito governador, o que haveria de melhor?

Sentiu sono, o tranquilizante estimulado pelo uísque começou a fazer efeito. Vitorino olhou o relógio. Uma hora se passara. Ainda faltavam quatro. Queria acordar quando o avião estivesse sobrevoando a baía de Guanabara, a tanta água que faltava no seu sertão.

Adormeceu.

Um balanço forte do avião o acordou. Irritado consultou o relógio, quase não dormira. Imensa angústia, que não sabia a que atribuir, tomava conta dele. Abaixou a cabeça, pressionou as têmporas com os dedos, fechou os olhos e veio a vontade de voltar a ser o menininho que se escondia no colo da mãe, sentindo o cheiro de pobreza que vinha do avental dela, feito de saco de farinha. Do menino que acompanhava o pai pela caatinga para trazer as encomendas do seu Zé da Venda. E que passava os dedos pela folhinha da mulher nua em pelo e à noite viajava com ela. Talvez sua vida tivesse sido mais fácil, porque não haveria tantas responsabilidades, tantas decisões a tomar, tanto mais que aprender além das aulas de dona Severina. E com certeza não conheceria Cecília.

A aeromoça com seu inalterável sorriso passava com o carrinho oferecendo tira-gostos e bebidas. Vitorino serviu-se de uísque, bebeu-o em goles grandes, tentando se livrar daquela agonia. E lembrou-se do dia em que marcara o encontro no Jardim Botânico com Cecília, às 11 da manhã. E o quanto sofreu ao pensar nela a esperá-lo. O desespero entre o querer ir e o desmoronamento do sonho do dinheiro e poder, caso fosse, a tomasse nos braços, sentisse o cheiro de sua pele, do seu hálito.

Ele sabia do tanto que urgia falar a ela do seu amor, do tanto que precisava se desculpar dos desatinos que fizera, do tanto que necessitava dizer-lhe que sem ela sua vida não teria sentido. Também do desejo intenso e infinito de sentir o cheiro e o gosto de cada pedacinho do seu corpo. Que cheiro teria o sexo dela? Com certeza de todas as flores que plantara no jardim de doutor Antunes. E o gosto do sexo dela? O do algodão-doce azul, mais doce que mel, mais gostoso que todos os doces que conheceu no Sul? E ainda dizer do tanto tempo que esperava para derramar a lava do seu vulcão dentro dela.

Vitorino revirou-se na poltrona. Que o mundo desabe, que Mara e o império de doutor Antunes se dissolvam no ar, que seu Zé da Venda se dane. Quero Cecília. Nada mais.

Tentou dormir de novo, não conseguia. Sentia a cabeça oca como há anos, às vésperas de viajar para os Estados Unidos, naquela noite, naquele bar da zona norte em que enchera a cara e vomitara na rua. Dormira no assento do carro. Alta madrugada ele acordara, o corpo doído pela posição inconfortável. Com cuidado dirigiu de volta para casa. Guia estava a sono solto. Numa angústia que não tinha fim deitou-se no sofá da sala e, enrodilhado como um feto na barriga da mãe, ele adormeceu.

Vitorino engoliu outro comprimido tranquilizante, virou-se em direção à janela, se ajeitou, fechou os olhos pensando em Cecília.

Acordou com a voz da aeromoça anunciando a chegada ao Rio de Janeiro.

5

Mara olhou o relógio de cuco centenário que Antunes comprara na Europa, por preço fabuloso, para presenteá-la pela chegada de Cecília. Como estava apaixonada naquela época! Apesar de desejar um filho, sentira-se mal com a gravidez. Sua barriga, seus seios, seu corpo perfeito ficariam menos lindos? Antunes a amaria menos, procuraria outras mulheres? Fez cesárea, nem pensar em sentir as dores insuportáveis do parto, negou-se a amamentar a filha por mais que Antunes insistisse. – Por favor, querido, por favor, não me peça para ser uma troglodita em pleno século XX. – Ele amava tanto aquela mulher que baixou a cabeça, jamais voltou a tocar no assunto. Nem quando Mara contratou enfermeiras diplomadas, que se revezavam, para cuidar da criança. Depois uma senhora branca, com salário altíssimo, para acompanhar Cecília 24 horas. Moça e bonita, nem pensar, de repente o marido se enrabichava... Embora apaixonado, nunca se sabe! Seguro morreu de velho!

Em pouquíssimo tempo o corpo de Mara voltou ao que era. E ela, aos teatros, restaurantes, festas, recepções, viagens, às diversões de sempre, a tudo aquilo que amava.

Antunes sugeriu, de leve, outra gravidez. Queria um filho homem que o substituísse na empresa. Mas o não dela fora tão contundente que ele fechou a boca para sempre.

Mara levantou-se da poltrona, deu um basta nos pensamentos. Desde a morte de Antunes, volta e meia era levada ao passado, por mais que não quisesse. As lembranças lá estavam e espocavam sem pedir permissão. Por vezes sentia arrepio estranho percorrer seu corpo, especialmente quando, sentada no banquinho em frente à penteadeira, escovava os cabelos. Parecia ver o marido em pé, atrás dela, tomando-lhe a escova das mãos. Ele amava os seus cabelos longos, louros. Mara sentia Antunes tanto e tanto naquele quarto, na cama de casal, onde morrera, que decidiu mudar de quarto. Desistiu. Nunca fora supersticiosa nem tola.

Em todo caso, quando casasse com Vitorino, lacraria o quarto com tudo que ali estivesse, inclusive o relógio centenário de cuco, mudaria para outro. Compraria móveis modernos cheirando a coisa nova. Uma cama de casal... Ah, Mara, para de enveredar por aquilo que você ainda não sabe se de verdade acontecerá! Pelo menos não tão cedo.

Olhou de novo o relógio. Se o voo de Vitorino estiver na hora, o avião estará aterrissando em poucos minutos. Não seria de bom-tom, muito menos inteligente, esperá-lo no aeroporto. A mídia vive de tristezas, desastres, escândalos, tudo que eletrize o leitor. E não deixaria de questionar a presença de Mara Antunes, viúva do doutor Paulo Antunes, há poucos meses encontrado morto em sua cama, no palacete do alto da Gávea. Notícia bastante divulgada na época. Mara sabia que a vida de uma notícia dura enquanto o leitor não boceja de tédio, até o surgimento de outra novidade violenta, arrebatadora, que irá suplantá-la. Como naquela semana nada muito importante acontecera, jornais e televisão preencheriam espaço vago com aquela pitada de sal, comentários malévolos sobre sua presença no aeroporto para receber o economista Vitorino de Souza, um dos braços direitos do doutor Paulo Antunes, que retornava ao Brasil após anos de especialização nos Estados Unidos.

Por saber que a mídia vivia também de notícias sobre celebridades, Mara, que aparecia com frequência em revistas, jornais, televisão, teve ímpetos de se fazer linda e ir ao encontro de Vitorino. A vontade durou pouco, era apaixonada, não burra.

O sonho que vinha alimentando desde que Vitorino entrara em sua vida se tornaria realidade. Tudo se encaminhava de acordo com a sua vontade. O marido morrera num repente, fora para a cama bem, haviam voltado de um jantar, ele como sempre escovara seus cabelos, deitara a seu lado, dormira sereno. Acordara morto. Ela ficou se perguntando por que razão. Que Antunes sofria do coração era sabido, porém jamais se descuidara, os melhores médicos tratavam de sua saúde. Quem sabe aquele encontro casual com Guia, muito bem vestida e acompanhada, no mesmo restaurante onde Antunes comemorou a formatura de Vitorino? Ela entrara quase deslizando nos saltos altíssimos, bem vestidíssima, perfumadíssima, as mãos de um senhor no seu ombro. Não mostrara surpresa ao passar por ela e Antunes. Apenas um leve aceno de cabeça, como cumprimento. Mesmo que não quisesse, tinha que admitir: ninguém imaginaria que ela tivesse vindo do sertão.

Mara sentira a surpresa e o mal-estar do marido. Sabia que a condição *sine qua non* para que Vitorino trabalhasse diretamente com ele, ocupasse posto da maior importância nas empresas, era o seu casamento com Guia. Amor na gruta nunca mais. Mara agora se perguntava qual na verdade teria sido a intenção do marido em proteger Vitorino, em ajudá-lo a se tornar economista. Como um zé-ninguém, fariam amor na gruta, como braço direito do marido não precisaria mais dela. Em rápida análise, Antunes soube o quanto Vitorino era ambicioso. E valeu-se desse traço da personalidade dele.

Coincidência ou não, naquela noite o marido morreu.

Riu interiormente e se disse: tenha paciência. Um pouco de tempo e terá o seu sonho. Antunes está morto, Cecília se casará com Breno e Guia arranjou homem rico.

E tudo, Vitorino, tudo está nas minhas mãos. E nelas você comerá para o resto de sua vida. Enquanto for necessário você me amará na gruta, na hora e na intensidade que eu desejar. O grande prêmio como presidente das empresas Antunes, e meu marido por direito, acontecerá na hora determinada pelo meu advogado de confiança. Quanto à Cecília... Sua ambição fará com que a esqueça de vez.

6

Não que não amasse Vitorino em desespero. Não que não houvesse vivido todos aqueles anos à espera de que o impossível acontecesse. Cecília sentia em cada átomo do seu corpo aquela ebulição, aquele incomensurável desejo que nada, absolutamente nada, poderia aplacar, a não ser o corpo dele sobre o corpo dela.

– Eu sei de tudo, Vitorino – falou baixinho para ela mesma –, tudo de bom e de mau, mas eu quero olhar dentro dos seus olhos uma vez mais, quero ter a certeza definitiva. Quero, também, que me diga por que não foi ao encontro naquele sábado no Jardim Botânico. Só mais uma vez, Vitorino.

Mas ela sabia da verdade, por mais que doesse, ela sabia.

7

Vitorino desceu do avião e, após as formalidades, colocou as malas no carrinho de bagagem, saiu.

Estranhou a ausência de Guia.

O motorista de doutor Antunes o aguardava com o protocolar: – Bem-vindo, doutor Vitorino. – E completou: – O trânsito está tranquilo, em menos de uma hora o senhor estará em casa. – Vitorino respondeu ao cumprimento secamente.

Consultou o relógio, ela já deveria estar aqui há tempos. O que teria acontecido? E sentiu que alguma coisa não batia bem.

– Vamos aguardar alguns minutos mais – disse ao motorista. Meia hora e acabou por desistir.

O motorista estacionou em frente ao seu prédio, retirou a bagagem, levou-a à portaria, despediu-se de Vitorino com um aceno de cabeça.

– Seja bem-vindo, doutor – disse-lhe o porteiro, apressando-se em pegar as malas de Vitorino e colocá-las no elevador.

Talvez ela queira me fazer uma surpresa, pensou enquanto abria a porta de casa, entrava com as malas.

– Oi, Guia, cheguei. – Silêncio. Tornou a chamar: – Guia, cheguei, onde está você? – Nenhuma resposta. Vitorino fechou a porta e, angustiado, percorreu o pequeno apartamento. Nada de Guia. Mas na cama de casal encontrou um envelope endereçado a ele. Abriu-o, tirou a carta.

Querido Vitorino:

Você foi o primeiro grande amor da minha vida. Acontece que me dei conta que eu não fui o seu grande amor. Acontece também que eu encontrei um homem que é apaixonado por mim acima de qualquer coisa. Que trará para o Rio os meus pais, me ajudará a realizar os meus sonhos. E que, além de tudo, é muito, muito, e muito rico.

O apartamento é todo seu.

Por favor não me procure. Nunca mais.

Que você seja feliz como eu estou feliz.

Adeus.

Guia

Estarrecido, Vitorino leu e releu a carta sem entender como Guia o trocava por outro. Logo ela, vinda do nada, chegada ao Sul indigente. Quem era ela para dispensá-lo, para trocá-lo por quem quer que fosse, com certeza por um Ciço da vida, um quase ninguém? Quem era ela? E uma raiva imensa tomou conta dele, fez seu corpo tremer forte.

Cansado, física e emocionalmente, atirou-se na cama remoendo a frustração, a indignação. Pensou em ligar para Mara. Não deveria. Em seu último telefonema para ele, nos Estados Unidos, ela estabelecera que o aguardaria na firma no dia seguinte ao da sua chegada.

Agora era Mara quem ditava as normas. Para ser exato, ela sempre ditara as normas. E ele sempre obedecera.

Cecília? Tudo o que desejara enquanto voava se evaporou como fumaça mal nascida. O que poderia ela lhe dar? Nem de longe pensar em ser apenas um marido com pequena parcela do mundo fabuloso das empresas Antunes. E a paixão e o desejo infinito por ela? Aquele desejo que regeu toda a sua vida? Que, há pouco, no avião, pensara ser o seu destino, aquela mulher loura e linda pela qual viera para o Sul. Vitorino sacudiu o corpo como jogando fora o que não lhe interessava. Cecília atrapalharia o seu mundo de grandeza.

Desfez as malas, colocou suas roupas no armário, despiu-se, tomou uma ducha com o cheiro de água brasileira. A toalha limpa, bem dobrada, mostrava o último cuidado de Guia. Enxugou-se. Pensando bem, a decisão de Guia facilitava a sua vida.

Separou uma das roupas menos amassadas, vestiu-se. Do bolso da calça com que viera tirou a cartela de tranquilizante, pegou um copo no armário acima da pia da cozinha, pôs um pouco de água da torneira, engoliu o comprimido, pensando que precisava livrar-se de vez daquele péssimo hábito.

Inquieto, foi à sala, ao quarto, voltou à cozinha, encontrou o pote onde Guia guardava pó de café. E fez café quentinho, lá do seu jeito, como sempre fizera. Sorveu o café sentindo-se feliz em estar de volta ao Brasil. Resolveu então andar um pouco para matar o tempo e a saudade.

Depois era esperar o amanhã, o encontro formal com Mara, na empresa.

COMO A HISTÓRIA TERMINOU

1

Na manhã seguinte Vitorino se encontrou com Mara na sala da diretoria das empresas Antunes. Sem beijos e abraços. Mas naquele mesmo dia se amaram na gruta.

Foi elevado à categoria de diretor geral. Ao final de um ano casou-se com Mara e assumiu a presidência das empresas.

Como ela não era tola, cercou-se de todos os cuidados jurídicos caso ele quisesse passar-lhe a perna ou separar-se.

A Vitorino não interessava a separação, atingira o que desejara na vida. Mara continuava bonita, anfitriã perfeita, conhecedora das necessidades sociais do empresário poderoso que era agora.

Ele era feliz. Tinha nas mãos tudo que sonhara e desejara. Menos Cecília, a mulher nua em pelo da folhinha da venda do seu Zé, que viera procurar no Sul. E se lembrou do que um dia pensara: seguisse a vida como seguisse, acontecesse o que acontecesse, ela seria, mesmo sem saber, eternamente sua.

Mas fizera sua escolha e fingia que não doía mais.

Uma vez ou outra pensava no início de sua vida no Rio, na cigana que encontrara na Central do Brasil. Ela lhe dissera que duas mulheres brigariam por ele. Uma delas o trairia. A cigana estava errada. Eram três mulheres apaixonadas, foi ele quem traiu uma delas.

Engordava a cada ano, e por diversas vezes pensou em visitar a sua terra, mostrar sua barriga ao seu Zé da Venda, dizer-lhe: venci. Pensava, ainda, em visitar sua professora, contar a ela como aprendera a lidar com as plantas, sentir o cheiro delas. Dona Severina passaria a mão em seus cabelos e lhe daria um beijo com sua boca enrugada. E ver o avô, o pai, a mãe. Agora era muito rico, poderoso, e poderia ajudar a sua gente, como um dia sonhou. Mas o tempo passava e ele ficava apenas na vontade. Mesmo assim, para abrandar sua culpa, dava de ombros: se o governo não faz nada, por que eu?

Vitorino tinha seus casos com mulheres jovens, bonitas, todas à procura do que ele um dia buscou, mas não era tolo de se deixar enredar. Nem pensar que Mara descobrisse!

Mas Mara sabia e agora, como Antunes, era ela que fazia vista grossa. Enquanto vivesse, Vitorino seria propriedade sua. E ela não pretendia morrer tão cedo.

2

Guia se casou com Antônio, na Candelária, um fausto só, como sempre sonhara. Não deixou de mandar convite para doutor Vitorino de Souza e senhora, também para a recepção no Copacabana Palace, com *RSVP*, em letras gordas, douradas.

Antônio convidou o xará para padrinho, e a lua de mel aconteceu em Portugal. Vez por outra o casal vai almoçar no restaurante do xará.

A pedido do marido, ela vendeu o Sonho da Mulher, mesmo porque não teria tempo para trabalhar. Agora administra a mansão da Barra, uma fábula, e os filhos precisam dos seus cuidados. Quando viaja com Antônio, os pais cuidam dos netos.

Antônio e o primo-sócio estenderam a cadeia do Forno Português pelo Rio e São Paulo. Já estão descendo em direção ao Rio Grande do Sul. O sonho deles é abrir um Forno Português no Alentejo, depois em Lisboa.

3

Cecília se casou com Breno, com quem teve dois filhos.

De certa forma é feliz e se acostumou à vida na Alemanha.

O tempo foi arrefecendo seu corpo, seu sexo, sua memória. Vez por outra, quando o desejo irrompe e se vê e se sente nos braços de Vitorino, premia o marido com uma noite de paixão. Breno, eterno fascinado pela mulher, está sempre à espera da próxima noite de glória.

4

A terra onde Vitorino nasceu, nos confins do sertão nordestino, continua como era.

Seu Zé da Venda está velho. Às vezes tem vontade de viajar com a mulher nua da folhinha, mas já não consegue. O avô de Vitorino morreu, seus pais e dona Severina também estão velhos, e ainda esperam a visita dele.

Por mais que todos sonhem que um dia virá alguém para salvar aquele lugar seco, infeliz, onde o único riacho só tem água vez na vida, vez na morte, até agora nada aconteceu, ninguém veio, nada mudou.

"O sertanejo é antes de tudo um forte", mas tudo tem limite. Por isso, aqueles que não aguentam mais, e que podem, pegam um caminhão e vão para o Sul à procura do sonho de uma vida melhor, como um dia fez Vitorino.

FIM

Este livro foi composto na tipologia
Sabon LT Std, em corpo 12
e impresso em papel pólen 80 g/m²
1ª edição - setembro de 2012.